Zauberhafte Sybsche

Dir ich wünsche Dir
ein wundervolles neues
Jahr 2013 –
voller Liebe,
Glück &
Zufriedenheit!

Es drückt Dich
Deine Mariesa

ars vivendi

Anne Borel

Ruf mich an, wenn du tot bist!

Roman

Aus dem Französischen
von Steffen Radlmaier

ars vivendi

Originalausgabe

1. Auflage Mai 2011
© 2011 by ars vivendi verlag
GmbH & Co. KG, Cadolzburg
Alle Rechte vorbehalten
www.arsvivendi.com

Lektorat: Ulrike Jochum
Umschlag: Kathrin Steigerwald unter Verwendung
einer Fotografie von Riazorenho/Getty Images
Druck: fva, Fulda
Printed in Germany

ISBN 978-3-86913-053-8

Für meine Eltern

1

Anouk schaltete ihren Computer aus. »Schönen Abend, bis morgen.« Ihr Kollege sparte sich eine Antwort. Blödmann!, dachte sie. Warum verabschiede ich mich überhaupt noch von dem? Jeden Abend treibt er dasselbe Spielchen mit mir. Wahrscheinlich aus Prinzip ...

Sie musste daran denken, wie er vor zwei Jahren hier angefangen hatte. Er war neu und suchte ihre Hilfe. Jetzt, da er eingearbeitet war, konnte ihm Anouk nichts mehr nützen. Im Gegenteil, sie störte, denn sie galt als kompetent und man arbeitete gerne mit ihr zusammen. Trotz seiner gespielten Herzlichkeit und seines aufgesetzten Lächelns hatte Anouk die wachsende Rivalität gespürt und war misstrauisch geworden.

Beim Hinausgehen sagte sie dem Mann vom Sicherheitsdienst Auf Wiedersehen, während sie der Drehtür mit der Hüfte einen Schubs gab.

19.30 Uhr. Sie würde schon wieder zu spät zum Abendessen mit ihrem Vater kommen. Seitdem sie eine eigene Wohnung hatte, trafen sie sich jeden zweiten Mittwoch zum Essen. Nur selten kam es vor, dass sie die Vereinbarung platzen ließen. Sie verabredeten sich nicht aus Pflichtgefühl, sondern weil sie Lust dazu hatten. Das unsichtbare Band, das sie zusammenhielt, war nach dem Tod ihrer Mutter noch fester geworden. Sie war damals erst acht Jahre alt gewesen.

Sobald sie im Auto saß, nahm sie ihr Handy und drückte auf die Telefonbuch-Taste.

»Ja? Hallo?«

»Ich bin's, Papa. Ich bin in 20 Minuten in Granville.«

»In einer guten halben Stunde also? Kommst du gerade aus dem Büro?«

»Ja, in diesem Augenblick.«

»Du arbeitest zu viel, Anouk.«

»Ich weiß.«

»Also gut, ich will nicht wieder damit anfangen. Treffen wir uns direkt im Restaurant?«

»Ja, bis gleich.« Sie gab Gas.

An der Stadtgrenze von Granville blickte sie in den Rückspiegel und vergewisserte sich, dass die Polizei nicht hinter ihr herfuhr. Dann wählte sie erneut eine Handynummer. Dabei ärgerte sie sich, dass sie immer noch keine Freisprechanlage hatte. Morgen würde sie eine kaufen! Unbedingt!

»Claire? Ich bin's ... Na ja, es geht so, nur der eine Kollege nervt mich, wie immer. Aber was soll's! Und bei dir? Gut, aber ich muss jetzt Schluss machen. Sehen wir uns morgen Abend? Ja, das müsste klappen.«

Anouk hielt das Telefon noch in der Hand, als sie vor sich in einiger Entfernung ein paar Polizeiautos stehen sah. Die vom Regen verzerrten Blaulichter versetzten sie in Alarmbereitschaft. Reflexartig hatte sie das Telefongespräch beendet, man wusste bei denen ja nie. Diese Typen warteten nur darauf, jemandem einen Strafzettel zu verpassen. Sie fuhr langsamer. Da sie gar nicht damit rechnete, einen Parkplatz zu finden, rollte sie gleich in ein unterirdisches Parkdeck in der Nähe des Restaurants. Bevor sie ausstieg, fuhr sie mit den Händen durch ihr blondes Haar, um es in Form zu bringen, korrigierte mit den Fingerspitzen den Lippenstift und brachte den Kragen ihrer weißen Bluse in Ordnung. Papa wird sich freuen. Er mag diese Bluse, dachte sie. Es war so einfach, ihm eine Freude zu machen. Sie brauchte sich nur gut anzuziehen, und schon hellte sich bei ihrem Anblick seine Miene auf. Das funktionierte jedes Mal. Sie kam, und – schwups! – schon lächelte er wie ein kleiner Junge. Er wollte immer, dass sie schön aussah. Sie war ein paar Mal in Jeans oder nachlässig gekleidet aufgetaucht. Dabei hatte sie nicht nur die Enttäuschung in seinem Blick gespürt, sondern war auf einmal selbst ein bisschen enttäuscht gewesen. Seitdem achtete sie immer auf ihr Äußeres.

Er zeigte sich gerne mit seiner Tochter. Oh ja, das mochte er. Am liebsten wäre er mit einem auf sie gerichteten Scheinwerfer herumgelaufen, damit keiner den entzückenden Anblick verpasste. Es kam sogar vor, dass man sie beide für ein Liebespaar hielt. Wenn sie Arm in Arm ein Restaurant betraten, wandten sich die Blicke zuerst ihr und dann ihm zu. Weil er in seiner Naivität immer davon ausging, dass jeder sie als Vater und Tochter wahrnahm, hielt er diese Blicke für einen Ausdruck der Bewunderung. Niemals wäre es ihm in den Sinn gekommen, sie als Missfallen über ihren Altersunterschied zu interpretieren. Dabei war es offensichtlich, dass einige dachten: Er könnte ja ihr Vater sein! Immer schon war er stolz auf seine Tochter gewesen, und das sah man auch.

Man hörte draußen den Regen prasseln. Sie nahm ihren Regenschirm und lief zum Ausgang. Die Polizei war immer noch da, und ein paar Gaffer standen um ein Auto herum. Anouk begriff, dass da gerade ein Unfall passiert war, und obwohl sie Mitleid mit dem armen Opfer verspürte, war ihre Neugier stärker. Sie wechselte den Gehsteig. Auch sie wollte sehen, was los war, aber nur so, ganz schnell im Vorbeigehen. Irgendwie legte sie großen Wert darauf, nicht wie all diese sensationslüsternen Leute zu sein. Deshalb versuchte sie, sich selbst einzureden, dass ein flüchtiger Blick auf das Unglück anderer weniger niederträchtig sei, als stehen zu bleiben und schamlos zu glotzen. Als ob irgendwo geschrieben stünde, dass man von Taktlosigkeit nur ab einer gewissen Zeitdauer reden könne.

Vor einem Krankenwagen liefen Sanitäter und Ärzte in weißen Jacken hektisch umher. Beim Überqueren der Straße reckte sie ihren Hals, um besser sehen zu können. Und dann sah sie einen Mann. Er lag da im Regen auf dem Boden. Im selben Augenblick stockte ihr der Atem, ihr Herz krampfte sich zusammen und begann, im Takt ihrer Schritte zu klopfen, erst langsam und dann immer schneller. Der Mantel, das weiße Haar, der Schal. Er war rot. Rot wie seiner. Sie hatte plötzlich das Bedürfnis loszuschreien.

»Papa! Lassen Sie mich durch! Papa!«

Sie bemerkte, dass er sie nicht hörte. Seine Augen waren geschlossen, und man hatte ihm eine Atemmaske aufgesetzt. Ein Rinnsal aus Blut tropfte aus seinem rechten Ohr.

»Gehen Sie weiter, Madame.«

»Er ist mein Vater.«

»Wir bringen ihn zur Notaufnahme. Es muss schnell gehen. Wenn Sie wollen, können Sie vorne im Rettungswagen mitfahren.«

Geschockt, wie sie war, brachte sie kein Wort heraus. Ein Sanitäter nahm sie beim Arm und bat sie, in den Rettungswagen zu steigen. Hinten im Wagen bemühten sich die Ärzte um ihren Vater. Alles war voller Blut. Vor Entsetzen wurde sie ganz bleich. Sie hielt den Atem an, um sich nicht völlig in ihre Einzelteile aufzulösen. Beim Gedanken an den Tod wurde ihr übel. Sie öffnete das Fenster und hielt ihr Gesicht in den Regen. Die feuchte Luft kühlte ihre Wangen, sie schloss die Augen und atmete den Fahrtwind tief ein, als könnte er sie von ihrer Angst befreien. Sie hoffte, er würde gleich ihren Schmerz wegwehen. Und was wäre, wenn das Schlimmste wirklich passierte? Sie wusste seit ihrem achten Lebensjahr, dass das Leben unberechenbar ist. Und schlimmer noch: dass das Unvorhersehbare oft nicht mehr rückgängig gemacht werden kann.

Doch diesmal würde alles gut gehen. Ja, alles würde gut gehen. Diese Männer, die Engel des Straßenverkehrs, kümmerten sich um ihn. Sie waren zu dritt, sie halfen sich gegenseitig und passten auf, damit auch nicht der geringste Fehler gemacht wurde. Ihre Handgriffe waren schnell und präzise, es waren die Handgriffe von Experten, die das schon Hunderte Male getan hatten. Außerdem schienen sie nicht übermäßig beunruhigt zu sein. Sie hatten nichts gesagt. Keine Aufregung, nur Eile. Es handelte sich um einen Notfall, aber der Notfall war nichts Besonderes. Selbst wenn es nicht lebensgefährlich war, blieb Eile geboten. Es war ja auch kein Zufall, dass man sie Notärzte nannte. Eile gehörte zu ihrem Beruf. Sie machten schnell aus Prinzip, aus Vorsicht, ganz klar. Ja, alles würde gut gehen. Tatsächlich war sie die Einzige, die sich aufregte. Kein Wunder, sie hatte keinen blassen Schimmer von Medizin. Wenn der eigene Vater betroffen ist, regt sich jeder auf. Aber objektiv betrachtet, wie diese vielbeschäftigten Ärzte sagen würden, objektiv betrachtet, handelte es sich um einen ganz gewöhnlichen Unfall ohne schwerwiegende Komplikationen. Alles würde gut werden!

Aber warum hatte sie dann solche Angst? Sie konnte sich einreden, was sie wollte, sie zitterte an allen Gliedern. Und wenn er jetzt auf der Stelle sterben würde? Ihr Herz raste. Sie spürte es in der Brust und in den Adern. Das war schon das zweite Mal innerhalb der letzten drei Monate. Jetzt fühlte sie ihren Pulsschlag sogar in den Ohren. Gleich würde ihr Trommelfell platzen. Dieser plötzliche Aufruhr in ihrem Körper erschreckte sie. Seit Jahren hatte sie ihr Herz nicht mehr wahrgenommen. Das letzte Zucken hatte sie beim Tod ihrer Mutter bemerkt. Ein heftiges Stechen in der Seite – und seitdem nichts mehr. Sie wusste nicht, ob es verstummt oder ob sie einfach taub geworden war. Seitdem besaß sie eine schallgedämpfte Brust, wie mit Styropor verkleidet, undurchlässig für jede Art von Gefühlen.

Nur beim Arzt konnte sie sich vergewissern, dass sie ein solches Organ hatte und dass es vollkommen gesund war. Ihr Puls war für gewöhnlich normal. Jetzt aber hörte sie ihn in ihrem Kopf hämmern. Sie schloss das Fenster, trocknete sich langsam das Gesicht ab und vergrub es in ihren Händen. Ihr Vater hinten im Wagen – das war kein böser Traum.

Sie hatte sich an dieses Taubheitsgefühl gewöhnt, bis sich eines Tages etwas unerwartet in ihrer Brust regte. Das war vor drei Monaten. Anfangs glaubte sie an einen Magenkrampf, der eine plötzliche Übelkeit ankündigte, aber es war ihr Herz, das wie ein Frosch zu hüpfen anfing. Ihr Blick hatte den eines Mannes gekreuzt. Das war auf der Jahresabschlussfeier im Betrieb ihres Vaters gewesen. »Sind Sie Arzt?«, hatte sie ihn aus Neugier gefragt. »Nein, warum ...?« Sie hatte natürlich wirken wollen und hätte am liebsten ganz spontan geantwortet: »Weil ich nur beim Doktor mein Herz schlagen fühle ...« Aber sie hatte sich nicht getraut. Wie bei einem Verhör schaute er ihr direkt in die Augen. Da keine Antwort kam, lächelte er sie an. Da hüpfte der Frosch zum zweiten Mal. »Nur so«, sagte sie. Verwirrt hatte sie sich umgedreht und war zum Tisch gelaufen, an dem ihr Vater mit seinen Angestellten beim Essen saß.

Sie wollte sich jetzt nicht umdrehen und die Bemühungen der Ärzte sehen. »Ich bin hier bei dir, Papa. Halte durch, halte durch«, sagte sie, die Augen voller Tränen. Ein stummer und undefinierbarer Schmerz erfüllte ihren Körper. Der Mann am Steuer sprach kein Wort. Er war konzentriert und fuhr schnell. Die Sirene lärmte wie verrückt, doch Anouk glitt in einen Dämmerzustand und hörte sie nicht mehr. Sie hallte nur noch von ferne, wie in einem Albtraum.

2

»Sie sollten nach Hause fahren und sich ein bisschen ausruhen. Sie haben die ganze Nacht kein Auge zugemacht.« Der Arzt ging so auf die 50 zu. Seine Stimme klang beruhigend, aber Anouk hatte begriffen, dass der Zustand ihres Vaters besorgniserregend war. Tief im Inneren hatte sie das von Anfang an gewusst. Der Wagen hatte ihn mit voller Wucht erwischt. Autoblech gegen Menschenkörper ... Die Vorstellung von dem gewaltigen Zusammenprall war nicht auszuhalten. Und nicht auszuhalten waren auch die Gedanken an seine Verletzungen. Er lag jetzt im Koma. Die Ärzte erklärten ihr, dass sie zuerst eine Gehirnerschütterung vermutet hätten, aber ein Schädel-Scan hatte tiefe Blessuren sichtbar gemacht. Im Klartext und mit ihren eigenen Worten: Sein Kopf war innen drin völlig zersprungen, und er schwebte jetzt nah am Abgrund.

Erschöpft verließ sie das Krankenhaus mit einem unangenehmen, steifen Gefühl im Körper, so angespannt waren ihre Nerven. Klaviersaiten waren nichts dagegen. Sie schaute auf ihre Armbanduhr und zwang sich, im Büro anzurufen. Sie musste erklären, warum sie heute nicht zur Arbeit kommen konnte. Ihr alter neuer Kollege war am Telefon. Sie erzählte ihm widerstrebend von dem Unfall und vom Gesundheitszustand ihres Vaters. Er gab sich redlich Mühe und spielte den Mitfühlenden. Wahrscheinlich freute er sich insgeheim über die exklusive Neuigkeit, die er dem Rest der Abteilung mit dem ernsten Blick desjenigen erzählen würde, der wichtige Dinge zu verkünden hat.

»Ich weiß noch nicht, wann ich wieder anrufe, aber sag Daniel, dass ich frühestens in zehn Tagen wieder arbeiten werde.«

Mit zusammengeschnürter Kehle hörte sie danach ihre Mailbox ab. Claire hatte sich gemeldet und Catherine auch. Sie musste weinen, als sie die Stimmen ihrer Freundinnen hörte. Anouk wählte eine Nummer.

»Claire, ich möchte nicht allein sein ... Kann ich heute Nacht bei dir übernachten? ... Ich komme am späten Nachmittag vorbei. Jetzt gehe ich erst einmal nach Hause. Ich versuche, etwas zu schlafen, und fahre dann wieder ins Krankenhaus ... Ja, es ist ernst.«

Sobald sie in ihrer Wohnung war, legte sie sich auf die Couch. Sie nickte ein und schlief drei Stunden.

3

Noch nie war das vorgekommen. Selbst wenn sie krank war, konnte ihr Magen etwas vertragen. Aber an diesem Abend rührte Anouk das Essen auf ihrem Teller nicht an; sie begnügte sich mit einer Tasse Kakao, die sie schweigend austrank. Claire, die es sich zur Aufgabe gemacht hatte, Anouk von ihrem Vater abzulenken, redete ganz allein. Sie gab sich alle Mühe, um ihre Freundin aufzumuntern und die vergangenen 24 Stunden vergessen zu lassen. Sie erzählte pausenlos. Irgendetwas. Egal was. Sobald sie merkte, dass Anouk nicht mehr zuhörte, wechselte sie das Thema. Ihr fielen sogar alte Anekdoten aus dem Büro ein, weil die neuen nicht mehr ausreichten. Dabei übertrieb sie ein bisschen. Teilweise sogar sehr. Aber was soll's! Die Geschichten sollten nicht auf Teufel komm raus authentisch sein, sondern nur spannend klingen. Es war jedoch vergebliche Liebesmüh. Anouks tränengeschwollene und müde Augen verrieten, dass sie den tragischen Anblick ihres Vaters nicht loswurde. Auf einmal war es still, und in diesem Moment bemerkte Anouk die Verwirrung ihrer Freundin, die nun auch nicht mehr weiterwusste.

»Zerbrich dir nicht den Kopf, Claire. Bei meinem Zustand ist es schon mutig von dir, mich überhaupt einzuladen. Mach mir den Fernseher an. Schalte irgendwas ein, alles ist mir heute Abend recht.«

Claire gab auf und sah Anouk etwas resigniert an, ein Gefühl der Zärtlichkeit erfüllte sie. Trotz ihres Kummers hatte diese die richtigen Worte gefunden, damit sie sich wegen ihres ungeschickten Tröstungsversuches nicht lächerlich vorkam. Sie standen beide auf und machten es sich auf dem Sofa bequem.

»Ich habe gesehen, dass auf *Arte* ein ganz guter Film läuft, aber das ist vielleicht ein bisschen zu anspruchsvoll für heute Abend. Im Zweiten kommt *Green Card*, der ist leichter verdaulich ...«

»Ach ja. Ich kenne den Film zwar schon, aber es wird mir guttun, zu sehen, wie Depardieu in New York versucht, Andie MacDowell aufzureißen.« Anouk gelang sogar ein Lächeln.

Claire schaltete den Fernseher ein und nahm Anouks rechte Hand in ihre. Sie streichelte sie zärtlich und gab ihr einen Kuss, wie es sonst nur Mütter tun. Der Film mit dem Happy End hatte kaum begonnen, als Anouk anfing zu reden.

»Wenn er stirbt, bin ich verloren. Ohne ihn verliere ich den Boden unter den Füßen. Ich klappe zusammen.«

»Er wird nicht sterben. Er kann nicht sterben. Er ist viel zu zäh. Außerdem sind wir auch noch da. Morgen begleite ich dich ins Krankenhaus. Deinem Vater wird's besser gehen, du wirst schon sehen.«

Claire bemühte sich sehr, ihre aufsteigenden Tränen zu unterdrücken. Bloß nicht schwach werden ... Um die Fassung nicht zu verlieren, küsste sie Anouks Hand noch einmal. Währenddessen musste sich Depardieu von Andie MacDowell anmaulen lassen, weil er wie ein Schwein fraß; aber jeder hatte längst kapiert, dass sich die Amerikanerin früher oder später in den französischen Nationalhelden verknallen würde. Alles in diesem Film drehte sich um Sticheleien, und die beiden keiften sich nach allen Regeln der Kunst an, so ausgiebig und gekonnt, dass Anouk für einen Augenblick sogar das Krankenhaus vergaß. Wie schon viele Zuschauer vor ihr fragte sie sich, ob sich eine Frau wie Andie MacDowell im wirklichen Leben in Depardieu verlieben könnte.

»Na klar«, bemerkte Claire. »Depardieu war doch mal mit Carole Bouquet zusammen. Sie ist vom gleichen Kaliber wie MacDowell, oder?«

Sie lächelten sich an und versanken dann wieder in Schweigen. Anouk war in Gedanken erneut bei ihrem Vater.

4

»Ich kann nur eine Stunde bleiben. Um zehn Uhr muss ich im Büro sein«, sagte Claire, als sie im Auto saßen.

Es war früh am Morgen. Anouk und Claire fuhren zum Krankenhaus.

»Ich weiß, dass du eigentlich überhaupt keine Zeit hast. Es ist nett, dass du mich begleitest.«

Anouk hatte den Kopf abgewandt und tat so, als schaute sie interessiert auf die Straße, die sie in- und auswendig kannte. Sie wollte nicht, dass Claire ihre Tränen sah und ihretwegen einen Termin absagte. Außerdem wäre sie gerne etwas stärker gewesen. Ihr Vater war ja noch nicht tot! Mensch, hör auf, so zu flennen! Bitte, hör auf!, sagte sie zu sich.

»Hast du im Büro Bescheid gesagt?«

»Ja, gestern, der alte neue Kollege war am Telefon. Es war mir unangenehm, mit ihm über meinen Vater zu sprechen.«

Der Kollege ... Mister Blödmann ... Der kam ausnahmsweise genau richtig. Dieses Mal würde er sich zumindest nützlich machen: Er würde Anouk auf andere Gedanken bringen. Garantiert! Ich hätte gleich von ihm sprechen sollen, dachte Claire. Sie wollte gerade schamlos über den bekannten Unbekannten herziehen, als Anouk weiterredete.

»Er flirtet mit dem Chef wie eine Frau. Ein echtes Callgirl! Und dabei drücke ich mich noch höflich aus. Er lacht sich jedes Mal über dessen Witze halb tot!«

»Meinst du, dein Kollege schmeckt nach Schuhcreme, wenn er abends seine Frau küsst?«, fragte Claire.

»Keine Ahnung. Warum?«

»Na ja, wenn er dem Chef so eifrig die Stiefel leckt, wird er wohl nach alten Latschen schmecken! Und dabei drücke *ich* mich noch höflich aus!«

Anouk musste plötzlich lachen. Gewonnen! Erfreut, das Gelächter ihrer Freundin zu hören, lächelte Claire vor sich hin. Anouk hatte seit fast zwei Tagen nicht mehr gelacht. Sie behauptete immer, ein Tag ohne Lächeln sei ein verlorener Tag. Das mochte Claire so an ihr: Anouk hatte die Gabe, noch der plattesten Plattitüde Tiefsinn zu verleihen; aus dem Mund eines anderen hätte diese Erkenntnis wie billige Alltagsphilosophie geklungen, aber Anouk schaffte es stets, einen zum Nachdenken zu bringen. Draußen schien die Sonne. In der Ferne tauchte der Park des Krankenhauses mit seinen großen Bäumen auf. Sie neigten sich leicht nach links, wahrscheinlich wegen der Windböen, die sich an stürmischen Tagen in den Ästen verfingen.

»Ich habe versucht, Sie zu erreichen«, sagte der diensthabende Arzt mit ernster Miene. Anouk sagte nichts. Sie bekam weiche Knie. Claire fasste sie am Arm.

»Ihr Vater ... ist soeben gestorben. Um fünf Uhr morgens hatte er eine Gehirnblutung. Wir haben alles Menschenmögliche versucht, aber wir konnten nichts mehr für ihn tun. Seit einer halben Stunde ist er tot. Es tut mir leid.«

Anouk spürte einen überwältigenden Schmerz. Ihr Herz war am Durchdrehen. Dieses unbekannte Gefühl, das sich seit Kurzem bei jeder starken Empfindung meldete. Der Frosch steckte in einem Einmachglas und hüpfte mit aller Wucht gegen die Glaswand. Das arme Ding bekam keine Luft. Anouk schwankte. Sie setzte sich einfach auf den Fußboden und weinte los. Claire blieb bei ihr. Ihren Zehn-Uhr-Termin sagte sie ab.

5

Die Kirche war brechend voll. Sie wusste, dass ihr Vater beliebt gewesen war und von seinen Mitarbeitern geschätzt wurde, doch der Anblick der großen Trauergemeinde berührte sie. Sie alle hatten ihn also auch geliebt. Sie hatten ihn geliebt, aber nicht so sehr wie sie. Sie weinten nicht. Weil die Kirche überfüllt war, verfolgten viele Leute den Begräbnisgottesdienst auf dem Vorplatz im Regen. Auf Anouks Bitte hin hatte man den Sarg während der Zeremonie offen gelassen. Dabei musste sie an ihre Mutter denken. Bei ihrer Beerdigung war sie noch ein Kind gewesen und hatte sich besorgt gefragt, ob sie in dieser Kiste, die nicht einmal Luftlöcher hatte, wohl atmen könne.

Sie schaute ihn an, sein Gesicht, das sie so oft gesehen und berührt hatte. Sobald er in ihrem Blickfeld war, fühlte sie sich geborgen. Er schien zu schlafen. Sie bekam fast Lust, ihn zu wecken, damit er all die Leute, die nur seinetwegen gekommen waren, sehen könne. Und du bist nicht da ... du bist nicht hier bei mir. Du bist tot, Papa. Dein Körper hat den Geist aufgegeben. Sie sind hier, weil du tot bist. Und wieder erschauerte sie unter einer Welle unsagbaren Kummers. Sie hörte die salbungsvolle Stimme des Priesters, schenkte seiner Trauerrede aber keine Beachtung. Wozu auch? Es war zu spät, ihr Vater war tot, er konnte nichts mehr hören.

Der Reihe nach gingen die Verwandten am Sarg vorbei. Vor dem Leichnam stehend, nahmen sie all ihre Kräfte zusammen, um ihre Verbundenheit mit dem Verblichenen auszudrücken. Vielleicht nutzte es ja doch etwas.

Am Ende der Zeremonie, als alle zum Ausgang drängten, forderte der Priester Anouk mit einem Zeichen auf, näherzukommen.

»Gleich schließen wir den Sarg. Wollen Sie sich einige Augenblicke bei Ihrem Vater sammeln?«

Anouk nickte und ging auf den Sarg zu. Sie betrachtete ihren Vater und küsste ihn. Sie versuchte gar nicht erst, die Tränen zu stoppen, die ihr in Strömen über die Wangen liefen. Dann suchte sie in ihrer Handtasche nach einem Taschentuch. Dabei fiel ihr Blick auf das Handy ihres Vaters, das man ihr im Krankenhaus gegeben hatte. Sie starrte es einige Sekunden lang an, wobei sie ihre Wangen mit dem Handrücken abwischte. Reflexartig schaltete sie das Gerät an. Ein Pieps signalisierte, dass das Handy funktionierte. Der Akku war aufgeladen. Sie sah zum Priester, der sie anschaute, und blickte dann erneut zu ihrem Vater. Vorsichtig legte sie das Handy neben seine linke Hand in den Sarg. Er war Linkshänder gewesen.

»Ruf mich an, Papa. Ruf mich an, wenn's was gibt.«

Sie küsste ihn ein letztes Mal, strich über sein Haar und zog sich dann zurück. Sie blickte dem Pfarrer direkt in die Augen. Der Gottesdiener blinzelte ihr beruhigend zu und gab den Helfern im schwarzen Anzug ein Zeichen, dass sie den Sarg jetzt schließen konnten. Die Prozession bewegte sich zum Friedhof, wo Anouks Mutter ruhte.

6

Der Schmerz hatte sie todmüde gemacht. Anouk schlief zehn Stunden an einem Stück. Nach der Beerdigung hatten sich Freunde und Familie in einem Lokal neben der Kirche getroffen. Sie hatten schon so manchen nahestehenden Menschen beerdigen müssen und kannten das Ritual auswendig. Jemand stellte Kaffee und Kuchen auf die Tische. Anouk hatte nichts organisiert, nicht einmal Todesanzeigen verschickt oder in der Lokalzeitung aufgegeben. Jean Martinée, ein enger Freund ihres Vaters, hatte sich um alles gekümmert. Sie war untröstlich. Sie hatte einigermaßen die Fassung vor denjenigen bewahrt, die ihr Beileid ausdrücken wollten, war dabei aber immer tiefer in ihrem Kummer versunken. Claire sah, dass Anouk am Ende war, und hatte sie vorsorglich zu sich nach Hause mitgenommen.

Eigentlich hätte sie nicht aufstehen müssen, aber sie tat es trotzdem. Das Erwachen würde niemals mehr so sein wie vorher. Jetzt begann ein dritter Abschnitt in ihrem Leben – ohne Vater und Mutter. Ein vierter schien undenkbar. Als Nächstes wäre sie selbst mit Sterben an der Reihe. Ihr einziger Trost war, dass sie sich schon auf dem Gipfel ihres Unglücks wähnte, schlimmer konnte es nicht kommen. In der Wohnung war es still, mit leerem Herzen landete sie wie von selbst in der Küche. Auf dem Tisch hatte Claire einen kleinen Zettel hinterlassen, gut sichtbar in einer Tasse. Sie würde nicht spät nach Hause kommen und im Laufe des Tages anrufen. Sie hatte daran gedacht, Brot zu kaufen; dieses Detail berührte Anouk: Die Arme hat sich beeilen müssen. Sie ist wie ich morgens immer zu spät dran. Es gab keine Instruktionen, Claire wusste, dass sich Anouk in der Küche bestens auskannte.

Nach dem Frühstück schlüpfte sie wieder ins Bett und döste erneut ein. Gegen 15 Uhr wachte sie auf, bereitete sich eine heiße Schokolade zu, trank sie, starrte dabei ins Leere und machte es sich anschließend auf dem Sofa bequem. Ganz mechanisch schaltete sie den Fernseher ein, obwohl sie schon im Vorhinein wusste, dass nichts sie interessieren würde. Aber irgendwie musste sie die Zeit totschlagen und sich ablenken, den Todesgedanken und Tränen zum Trotz. Wollte sie sterben oder nur weinen? Sie war sich gar nicht mehr sicher, ob es da einen Unterschied gab. Was bleibt einem übrig, wenn das bisschen Kraft gerade ausreicht, um entweder zu weinen oder zu sterben? Oder um Liebe zu machen. Ja, Liebemachen, das wäre eine Alternative zum Tod. Aber es war einfacher, den Fernseher einzuschalten, dazu musste man nur auf einen Knopf drücken.

Alle paar Sekunden schaltete sie um, und schließlich weckte eine Sendung über den Planeten Erde ihre Aufmerksamkeit. Man zeigte die größten Bäume auf der Welt. Sie wuchsen in Nordamerika, in Kalifornien, und wurden über 100 Meter hoch, das entsprach einem Hochhaus mit 30 Etagen. Anouk konnte sich nicht mehr davon losreißen und stellte sich vor, wie es wäre, am Fuße solch eines majestätischen Baumriesen zu sitzen. Auf einmal wurde ihr etwas klar: Die Natur war wie ein Tempel mit unsterblichen Bäumen als Säulen. Ihre ganze Kraft schöpften sie aus der Stille. Sie bedauerte, dass sie sich nicht vor ihnen verneigen konnte, vor der atemberaubenden Größe dieser Zeugen aus grauer Vorzeit. Verglichen damit waren die Menschen nichts, die Bäume überlebten sie bei Weitem. Ihre Träumerei dauerte nicht lange an, diese Riesenalleen führten sie allzu schnell zu ihrem Vater. Er war auch nur ein Mensch und hatte jene stillen, 1 000 Jahre alten Bäume nicht überlebt. Sie machte den

Fernseher aus, ging ins Schlafzimmer zurück und versuchte, etwas zu schlafen.

7

»*Was* hast du gemacht?«, fragte Claire.

»Ich habe das Handy meines Vaters eingeschaltet und in den Sarg gelegt.«

Claire und Catherine starrten Anouk ungläubig an.

Dann schmunzelte Catherine: »Auf diese Idee muss man erst mal kommen! Hast du etwa auch angerufen?«

»Nein, aber ich denke die ganze Zeit daran. Ich weiß nicht, warum ich das getan habe. Es klingt vielleicht komisch, aber als ich sein Handy gesehen habe, dachte ich ein paar Sekunden lang, dass ich ihn vielleicht retten könnte. Als ob er gar nicht tot wäre. Und wenn er dann aufwachen würde, könnte er mich anrufen. Seitdem habe ich mir alle möglichen Szenen ausgemalt. Eine morbider als die andere. Das Handy beruhigt mich nicht, wie ich gedacht habe. Es macht mir Angst. Trotzdem hätte ich große Lust, ihn anzurufen. Ich sehe meinen Vater noch lebend vor mir, halb bei Bewusstsein, aber unfähig etwas zu sehen oder das Handy neben seiner linken Hand zu berühren. Wenn ich anrufen würde, wüsste er zumindest, dass da ein Handy ist, und vielleicht könnte er antworten. Andererseits habe ich total Angst davor, seine Stimme zu hören. Es ist so absurd und makaber. Mein Vater ist tot, und ich habe Angst, dass er mir am Telefon antwortet! Als meine Mutter starb, war es genauso. Ich konnte mich nicht an die Vorstellung gewöhnen, dass sie nicht mehr lebte, und hatte Angst, sie könnte ein zweites Mal sterben, weil ihr Sarg kein Luftloch hatte. Nachts im Bett habe ich mir ein ausgetüfteltes System ausgedacht, um sie zu retten. Ich wollte ein Rohr auf ihrem Grab installieren, damit sie Luft bekam. Natürlich habe ich meinen Plan nie in die Tat umgesetzt, aber die Geschichte hat mich lange beschäftigt. Heute noch denke ich jedes Mal daran, wenn ich in einem Baumarkt Rohre sehe. Unbewusst habe ich mir vielleicht gesagt: Diesmal werde ich nicht die Gelegenheit verpassen, meinen Vater zu retten.«

»Wie lange hält denn der Handyakku?«, wollte Claire wissen.

»Ich glaube, mein Vater hatte ihn gerade erst aufgeladen. Die Anzeige war voll. Das Handy müsste mindestens vier bis fünf Tage funktionieren.«

»Es sei denn, dein Vater telefoniert andauernd mit seinen Kumpels«, erwiderte Catherine und hob die Augenbrauen.

Catherines schwarzer Humor provozierte eine Totenstille.

Claire schaute Anouk an und riskierte ein Lächeln. Vorsichtig sagte sie: »Ach Anouk, nimm ihr das doch nicht übel! Dein Vater hätte darüber gelacht. Du weißt doch, dass er gerne Witze machte.«

Trotz ihres Kummers lächelte Anouk nachsichtig, um die arme Catherine zu beruhigen, die ihre Gedankenlosigkeit schon bereute.

»Also, was willst du jetzt tun?«, fragte Claire.

»Ich rufe jetzt mit euch an. Allein habe ich zu große Angst. Claire, gib mir dein Telefon.«

Claire erhob sich vom Sofa, ging in ihr Arbeitszimmer und kam mit einem Gerät zurück.

»Ich habe dieses Telefon genommen, weil es einen Lautsprecher hat. Falls irgendwas passieren sollte, sind wir alle drei Ohrenzeugen. So fühlst du dich weniger allein.«

Anouk nahm den Hörer in die Hand, stellte den Apparat auf den Boden und wählte mit zitternden Fingern eine Nummer.

Alle drei saßen im Schneidersitz auf dem Teppichboden. Sie starrten das Telefon an. Beim ersten Ton zuckte Anouk zusammen. Sie stellte sich das Handy bei ihrem Vater vor. Es musste im selben Moment orange in der feuchten, kalten Dunkelheit der langen Holzkiste aufleuchten. Anouk sah das starre Gesicht ihres Vaters im Halbdunkel vor sich. Wahrscheinlich war der Vibrationsalarm aktiviert und der ganze Sargdeckel erzitterte. Ihr Vater hatte sich einen altmodischen Klingelton heruntergeladen. Er mochte die Melodien der neuen Handys nicht, die kaum zu hören waren. Eine altmodische Klingel ertönte in diesem Augenblick drei Meter unter der Erde des Friedhofs.

Tüüt, tüüt, tüüt ...

Anouk spürte eine Anspannung in der Brust. Der Frosch war bereit, beim leisesten Geräusch aus dem Lautsprecher aufzuspringen.

Tüüt, tüüt. »GUTEN TAG!«

Der Frosch sprang mit einem Mal in die Höhe und riss Anouks Körper mit sich. Catherine stieß einen Schrei aus. Claire war aufgestanden und taumelte einen Schritt zurück.

»Oh, mein Gott!«, rief sie.

»SIE HÖREN DIE MAILBOX VON LOUIS DESCHAMPS. BITTE HINTERLASSEN SIE EINE NACHRICHT! ICH WERDE BALDMÖGLICHST ZURÜCKRUFEN. VIELEN DANK!«

Von der Nachricht des Anrufbeantworters völlig verstört, machten Claire und Catherine keinen Mucks. Wie erstarrt blickten sie mit offenem Mund auf das Telefon.

»Ich bin's, Papa. Du fehlst mir.«

Behutsam legte Anouk den Hörer auf den Boden. Claire und Catherine boten immer noch denselben Anblick, sie hatten sich keinen Zentimeter von der Stelle gerührt.

»Schaut mich doch nicht so an! Wenn ihr eure Gesichter sehen könntet!«

Die drei fielen sich in die Arme. Sie lachten über die Szene, die sie gerade erlebt hatten, und sie heulten wie Teenager, die soeben ihre Abiturnoten erfahren haben. Es war einer jener seltenen Momente, in denen man gleichzeitig lacht und weint, Momente, die einen glauben machen, dass Freundschaft etwas Unersetzliches und Wertvolles sei.

»Versprich mir eines, Anouk«, sagte Claire. »Ruf ihn nie mehr an!«

In Gedanken versunken, sparte sich Anouk eine Antwort.

8

»Hallo?«

»Anouk Deschamps?«

»Ja, am Apparat.«

»Guten Tag, Yvan Barthes.«

»Guten Tag.«

»Mein herzliches Beileid. Ihr Vater war ein guter Mensch. Ich habe gern mit ihm zusammengearbeitet. Ich bin Unternehmensberater und habe ihn in letzter Zeit bei der Überarbeitung der Geschäftsstrategie unterstützt. Deswegen rufe ich Sie an. Aber vielleicht störe ich Sie gerade? Soll ich mich ein andermal wieder melden?«

»Nein, nein, schon gut, ich höre.«

»Ihr Vater war Geschäftsführer und Eigentümer der Firma. Nach dem Gesetz sind Sie die Alleinerbin. Aber wie sieht es nun mit der Geschäftsführung aus? Werden Sie die Direktion übernehmen?«

»Ich weiß es nicht. Ehrlich gesagt, hatte ich noch keine Zeit, darüber nachzudenken.«

»Kann ich verstehen, der Tod Ihres Vaters kam so plötzlich. Ich kann mir vorstellen, dass das für Sie kein angenehmes Thema ist, aber wir müssen uns damit auseinandersetzen. Können wir uns demnächst einmal treffen?«

»Ja, natürlich.«

»Wenn es Ihnen passt, könnte ich Ihnen anbieten, dass wir übermorgen zusammen essen gehen.«

»Gut. Wohin?«

»Ins Restaurant *Belle Fleur*, zum Mittagessen. Kennen Sie das?«

»Ja, das kenne ich. Woran werde ich Sie erkennen?«

»Wir sind uns schon einmal begegnet. Vor drei Monaten bei der Firmenfeier Ihres Vaters. Wir standen am Buffet. Zwischen zwei Vorspeisen haben Sie mich gefragt, ob ich Arzt sei ...«

Der Frosch in ihrer Brust zuckte zusammen, und Anouk spürte, dass sie rot wurde.

»Ach ja, ich erinnere mich. Ich werde Sie wiedererkennen.«

»Also gut, bis Freitag.«

Anouk legte auf. Zum ersten Mal in ihrem Leben sprach sie mit ihrem Herzen. Sie neigte den Kopf leicht zur linken Seite.

»Ja, ich weiß, es war der Kardiologe.«

9

Die Tigerkatze verschlang gierig ihr Futter. Anouk machte sich Vorwürfe, weil sie Arthur in der Wohnung ihres Vaters vergessen hatte. Sie war gekommen, um sich zu versichern, dass alles in Ordnung war, und außerdem hatte sie das Bedürfnis, sich in seinem Zuhause umzuschauen, um all die Dinge zu sehen, die ihn umgeben hatten. Kaum hatte sie die Wohnung betreten, kam das Tier auf sie zugelaufen und rieb sich an ihren Beinen. Sie gab ihm Wasser zu trinken und dann Milch. Sie blieb in der Küche und streichelte den Kater, der ihr vergeben zu haben schien, ohne dass sie andere Zugeständnisse hatte machen müssen. Er schnurrte. Anouk fragte sich, wie er mit vollem Mund schnurren konnte: Wie kriegt eine Katze dabei Luft? Sie war froh, Arthur wiedergefunden zu haben, wunderte sich aber, dass er ihren Vater schon nicht mehr vermisste. Offensichtlich genügte ihm ein voller Bauch, um den größten Kummer der Welt vergessen zu können. Aber vielleicht täuschte sie sich ja. Vielleicht litt auch er, nur anders. Er litt und schnurrte dabei, das war alles. Ach, was macht das schon ...

Er war ein treuer Gefährte für ihren Vater gewesen, obwohl der gerne behauptet hatte, dass nur Hunde treu sein könnten. Zu guter Letzt hatte er sich verführen lassen, und Anouk hatte ihn oft dabei überrascht, wie er den Kater auf seinem Schoß streichelte.

Sie ließ das Tier in Ruhe und schaute sich in der geräumigen Wohnung um. Dabei streifte sie alles mit den Fingerspitzen. Sie liebte die alten Möbel, das alte Parkett, das unter ihren Schritten knarzte. Als Kind hatte sie sich damit vergnügt, auf die knarrenden Dielen zu hüpfen. Sie war von einer zur anderen gesprungen, als würde sie mit den Füßen die Tasten eines riesigen Klaviers bedienen.

Sie ging in das Arbeitszimmer, das gleichzeitig auch die Bibliothek war. Auf dem alten Schreibtisch hatte jemand einen Stapel ungeöffneter Post abgelegt. Vermutlich die Putzfrau. Anouk wollte die Briefe sortieren, ein Dutzend Mal las sie den Namen ihres Vaters, Louis Deschamps, und beim letzten Umschlag konnte sie ihre Tränen nicht mehr zurückhalten. Sie wandte sich ab und ging zum Bücherregal. Sie nahm die zehn Bände *Frankreichs Schicksal* von Robert Merle heraus, die sie schon längst hätte lesen sollen. Ihr Vater war von Geschichte fasziniert gewesen und hatte dieses Historienwerk regelrecht verschlungen. Regelmäßig hatte er sie dazu aufgefordert, die Bücher zu lesen. »Du wirst sehen, du kommst nicht mehr davon los. Das ist wie eine richtige Zeitmaschine.«

Die Katze war ihr hinterhergelaufen und wollte beachtet werden. Sie legte die Bücher auf einem Beistelltisch ab und nahm stattdessen Arthur auf den Arm. »Möchtest du zu mir ziehen? Würde dir das gefallen?« Anouk würde den Kater mitnehmen. Das hatte sie gerade beschlossen. Während sie ihn streichelte, blieb ihr Blick am Telefon hängen. Das Telefon ... Seit dem Begräbnis waren drei Tage vergangen. Sie musste an das Handy denken, das vielleicht schon morgen nicht mehr funktionieren würde. Nein, sie hatte es Claire praktisch versprochen. Sie verscheuchte den Gedanken und versuchte, sich auf Arthur zu konzentrieren.

»Ich war nahe dran, eine Dummheit zu machen ...« Das Tier schnurrte von Neuem. »Und du, was würdest du an meiner Stelle tun? Würdest du dein Herrchen anrufen?« Sie betrachtete Arthur, der nun die Augen geschlossen hatte. »Ja, du würdest anrufen. Du warst ihm treu, obwohl du wie eine Wildkatze wirkst, die niemanden mag.«

Sie spürte ihr Herz, das sich schon wieder wie ein Frosch benahm. Es hatte begriffen: Sie würde anrufen. Ihr Zögern schob den Zeitpunkt des Anrufs nur hinaus. Sie hatte Angst. Anouk streichelte die Katze, die von nichts eine Ahnung hatte. Nach einigen Minuten hatte sie ihren Entschluss gefasst. Sie setzte sich hin und behielt Arthur auf dem Schoß. Um sich Mut zu machen, zog sie ihn ins Vertrauen. »Bist du bereit?« Sie nahm das Telefon und wählte die Handynummer ihres Vaters.

Tüüt, tüüt ...

Sie streichelte Arthur nicht mehr. Sie atmete auch nicht mehr.

Tüüt, tüüt.

Es rauschte. Plötzlich meldete sich eine Stimme: »*Hab keine Angst. Ich bin's ...*«

Anouk stieß einen Schreckensschrei aus, der die Katze schlagartig aus ihren Träumen riss. Im selben Moment sprang das Tier auf den Fußboden, verschwand aus der Bibliothek und ließ Anouk allein zurück, die auch aufgesprungen und jetzt starr vor Schreck war.

Sie hatte das Telefon wie eine heiße Kartoffel fallen lassen. Voller Entsetzen starrte sie auf den Apparat und bewegte sich nicht von der Stelle. Es dauerte einige Sekunden, bis sie ihre Verwirrung überwunden hatte. Sie hob das Telefon auf, legte es hastig auf den Schreibtisch und eilte, ohne zu zögern, in die Küche. Sie griff nach der Katze, nahm ihren Mantel, warf die Eingangstür hinter sich zu und rannte die Treppe hinab. Draußen angekommen, stieg sie nicht sofort in ihr Auto. Sie hielt Arthur fest in den Armen und lief weiter. »Das ist doch nicht möglich. Das ist doch nicht möglich«, wiederholte sie. Sie konnte sich gar nicht beruhigen. Sie wusste, dass gerade etwas Unfassbares geschehen war. Sie hatte eine Stimme aus dem Jenseits gehört.

10

Eine dicke Dame nahm gerade mit blutigen Fingern eine Forelle aus. Jede Handbewegung kommentierte sie mit praktischen Ratschlägen. Ein Kinderspiel! Anouk hatte den Fernseher eingeschaltet und wartete auf Claire. Sie hatte gar nicht bemerkt, dass sie eine Kochsendung anschaute. Unentwegt hatte sie das Bild ihres Vaters vor Augen, der ständig denselben Satz wiederholte: »Hab keine Angst. Ich bin's.« Jetzt sollte man den Süßwasserfisch in einen Suppenteller voll Milch tauchen und anschließend in einem Teller mit Mehl wenden. Während der tote Fisch, nach einem weiteren Arbeitsgang geköpft, von einem Gefäß zum anderen schwebte, sprang Arthur vom Sofa und lief eilig zur Eingangstür.

»Ja, was bist denn du für einer?«

Claire schloss die Wohnungstür hinter sich und nahm Arthur auf den Arm, der sie begrüßt hatte, als sei eigentlich er der Herr im Haus. Mit einer Hand legte sie ihre Tasche und ihren Mantel ab.

»Es muss ja was Wichtiges sein, wenn du so oft versucht hast, mich zu erreichen. Also, was gibt's?«

»Er hat geantwortet«, sagte Anouk.

»Wer hat geantwortet?«

»Mein Vater! Er war am Telefon.«

»Was ist denn das für eine Geschichte?«

»Ich war in seiner Wohnung. Ich habe von seinem Arbeitszimmer aus angerufen, und er hat geantwortet.«

»Was? Was hat er geantwortet?«, fragte Claire in einem Ton, der neugierig und skeptisch zugleich war.

»›Hab keine Angst. Ich bin's.‹ Weiter habe ich nicht zugehört. Ich hatte solche Angst, dass ich fortgelaufen bin.

Ehrlich, Claire, ich schwöre, dass ich die Wahrheit sage. Ich habe das nicht geträumt. Der Klang war nicht so klar wie sonst, weil er geflüstert hat, aber es war seine Stimme. Das glaube ich ganz fest!«

»Seine Stimme?! Anouk, ist dir klar, was du mir da gerade erzählst? Das ist doch Blödsinn! Du könntest mir genauso gut erklären, dass dein Vater ein Zombie ist. Ein lebender Toter!«

»Ja, ich weiß, das hört sich völlig verrückt an, aber ich bin nicht wahnsinnig. Ich habe ihn gehört!«

»Anouk, du bist übermüdet. Seit Tagen hast du nicht richtig geschlafen. Die Müdigkeit, der Kummer, das alles hat dich erschöpft. Du bist völlig neben der Kappe. Du redest Unsinn ...«

»Nein, Claire, glaub mir. Es war wirklich so.«

»Nein, das war wirklich nicht so. Du fabulierst. Das ist unmöglich. Dein Vater ist tot, Anouk! Hörst du? Er ist tot! Was für eine blödsinnige Idee, ihm sein Handy in den Sarg zu legen ...«

Claire nahm die Hand ihrer Freundin und streichelte sie. Mit sanfter Stimme fuhr sie fort.

»Du hast einen Schock erlitten, der die alten Wunden wieder aufreißt. Mit acht Jahren hast du deine Mutter verloren. Erinnere dich doch, wie schlecht es dir damals ging. Dein Vater machte sich Sorgen, weil du nicht mehr gesprochen hast. Monatelang hast du nichts gesagt. Jetzt bist du erwachsen und reagierst anders auf den Schmerz. Unbewusst weigerst du dich, den Verlust deines Vaters zu akzeptieren, und aus diesem Grund glaubst du, ihn zu hören.«

»Seit wann bist du denn Seelenklempner? Erspar mir bitte deine Blitzanalyse! Ich sage dir, dass ich ihn gehört habe.«

»Okay, okay! Reg dich nicht auf!«

»Entschuldige, du versuchst, mir zu helfen, und ich blaffe dich an. Ich weiß, das klingt wie ein Lügenmärchen. Aber es ist wahr, sag ich dir. Ich wusste, du würdest mir nicht glauben ...«

Währenddessen hatte Claire einen Arm um Anouks Schulter gelegt. Nach einigen Minuten des Schweigens setzte Anouk wieder an.

»Vielleicht hast du recht. Der Schlafmangel und der emotionale Schock spielen mir einen Streich. Aber es hat wirklich so real geklungen ...«

»Hör mal zu, Anouk, wir machen noch mal einen Test, damit du dich heute Nacht entspannen kannst. So werden wir beide beruhigt sein. Gib mir die Nummer.«

Anouk wehrte sich nicht, war aber von Claires spontaner Idee auch nicht gerade begeistert. Mechanisch diktierte sie ihr die Ziffern. Claire wählte und machte den Lautsprecher an. Anouk hatte die Knie unters Kinn gezogen und kaute an ihrem linken Daumennagel.

Tüüt, tüüt ...

»Noch zweimal und ich leg auf«, sagte Claire.

Tüüt, tüüt.

Sie legte wieder auf.

»Siehst du, er hat nicht geantwortet. Du brauchst Ruhe, das ist alles. Ich mach uns einen Kräutertee, und danach geht's ab ins Bett!«

Claire erhob sich und nahm die Decke vom Sessel. Behutsam breitete sie sie über Anouk aus, die sich auf dem Sofa ausgestreckt hatte. Dann verließ sie den Raum, gefolgt von Arthur.

»Wo kommt eigentlich die Katze her?«, fragte Claire aus der Küche.

»Das ist die Katze von meinem Vater. Er heißt Arthur.«

Claire wandte sich an Arthur: »Ich glaube, du und ich, wir werden Freunde. Du läufst mir ständig hinterher, als ob du nicht mehr ohne mich leben könntest, das gefällt mir. Komm her, mein dicker Kater!«

11

Sie hatte genügend Zeit. Bis zum Essen mit Yvan Barthes waren es noch zwei Stunden. Anouk machte ein paar Dehnübungen und benutzte dabei eine Bank als Barren. Seit zwei Wochen war sie nicht mehr laufen gewesen. Der blaue Himmel und die frische Luft, die nach Frühling roch, hatten sie nach draußen gelockt. Am liebsten hätte sie sich eingesperrt, aber sie sagte sich, dass sie das schöne Wetter ausnutzen musste, die Bewegung würde ihr sicher guttun. Mit aufgelockerten Muskeln lief sie die grüne Allee entlang. Im Stillen sprach sie mit sich selbst, sie hob den Kopf gen Himmel, den Blick zu den Baumwipfeln gerichtet, und wandte sich an ihren Vater. Wo bist du jetzt, Papa? Hörst du mich? Sie hielt an, schloss die Augen und ließ die Arme sinken. Egal, wo du bist, du bist in meinem Herzen. Sie hielt die Arme verschränkt, und mit einem Mal wurde ihr bewusst, dass sie nie »Ich liebe dich« zu ihrem Vater gesagt hatte. Sie hätte das nun bereuen können, doch seltsamerweise fühlte sie keinerlei Bedauern. Ihr Vater hatte immer gewusst, dass sie ihn liebte. Trotzdem hätte es nicht geschadet, es auch auszusprechen. In Wahrheit hatte sie sich nicht deshalb zurückgehalten, weil es völlig klar war, dass sie ihn liebte, und er dieses Geständnis für überflüssig gehalten hätte. Nein, es war eine natürliche Scheu vor Worten, die sie besonders dann quälte, wenn es darum ging, von Liebe zu sprechen.

Anouk musste an den gestrigen Tag denken. Allzu gerne wollte sie Claires Erklärung Glauben schenken und versuchte sich einzureden, dass ihr das Unterbewusstsein die Stimme ihres Vaters nur vorgegaukelt hatte. Sie musste diesen

Zwischenfall vergessen, sie war überanstrengt, das war alles. Nichts Schlimmes, mit der Zeit würde das schon vergehen. Ja, es würde vorbeigehen.

Auf dem Rückweg hielt sie bei einer Metzgerei an, um Schinkenreste zu kaufen. Arthur würde das bestimmt mögen. Anouk wollte lieber noch ein paar Tage bei Claire wohnen. Dort fühlte sie sich sicher, und außerdem kannte sie sich in der Wohnung sehr gut aus.

Kaum hatte sie den Flur betreten, wurde sie schon freudig von Arthur begrüßt, als hätte er geahnt, dass heute ein besonderes Vergnügen auf ihn wartete. Sie ging direkt in die Küche, um ihm ein Festmahl aus dem Schinkenfleisch zuzubereiten. Nachdem sie den Napf auf den Boden gestellt hatte, zog er erst eine Schnute und überprüfte dann mit der Nasenspitze, ob es sich nicht um Rattengift handelte. Schließlich gab er es auf, die verwöhnte Katze zu spielen, biss voller Appetit zu und begann dabei, laut zu schnurren. Anouk hatte sich nicht geirrt. Arthur war ganz verrückt nach dem Schinken. Wie immer war sie von dem vielstimmigen und freudigen Schmatzen der Katze fasziniert.

Sie schaute ihr noch einen Augenblick zu und ging dann ins Badezimmer, um zu duschen. Länger als gewöhnlich nahm sie sich Zeit für die Vorbereitung. Lange Röcke, kurze Röcke, aber auch Hosen lagen im wilden Durcheinander auf dem Bett. Nach wiederholten Versuchen fiel ihre Wahl schließlich auf einen Rock, der gerade die Knie bedeckte. Nicht zu lang, nicht zu kurz, wie es sich gehörte. Über ihre Frisur hatte sie nicht lange nachgedacht; sie wusste, dass sie mit offenen Haaren, die bei jeder Kopfbewegung ihre Schultern umschmeichelten, attraktiver wirkte. Schließlich warf sie im großen Garderobenspiegel einen letzten Blick auf ihre gesamte Erscheinung. »Passt«, sagte sie zu sich.

Anouk fand keinen freien Parkplatz, deswegen musste sie ihr Auto ziemlich weit vom Restaurant entfernt abstellen. Sie war zu spät dran, ein wiederkehrendes, aber nichtsdestotrotz scheinbar unvorhersehbares Phänomen, das sie bei jedem Termin erlebte. Der Frosch in ihrer Brust begann wieder zu hüpfen. Sie fragte sich, ob das an ihren schnellen Schritten lag oder an demjenigen, der sie zum Mittagessen erwartete.

Im Restaurant erkannte sie Yvan Barthes auf Anhieb und begriff im selben Augenblick, warum das Tierchen in ihrer Brust seit einer Viertelstunde so aufgeregt war. Als sich Anouk dem Tisch näherte, hob der Berater die Augen. Sein Blick tastete zuerst ihre Silhouette ab und fixierte dann ihre Augen. Nichts weiter – und der Lurch haute wie ein Wilder auf die Pauke.

»Guten Tag. Entschuldigen Sie bitte meine Verspätung. Ich habe keinen Parkplatz gefunden.«

»Guten Tag. Kein Problem. Ich bin auch gerade erst gekommen. Bitte nehmen Sie Platz. Es ist immer ein Problem hier mit den Parkplätzen, besonders um diese Uhrzeit.«

Yvan Barthes machte eine Pause, aber da Anouk zu den chaotischen Parkplatzverhältnissen in der Stadt nichts weiter einfiel, fuhr er fort.

»Es ist sehr freundlich von Ihnen, dass Sie meiner Einladung gefolgt sind. Ich kann mir vorstellen, dass die Formalitäten und der ganze Geschäftskram sehr unangenehm für Sie sind.«

»Um ehrlich zu sein, hatte ich mich bis zu Ihrem Anruf überhaupt nicht damit beschäftigt. Ich hatte weder Kraft noch Lust dazu. Aber es bleibt mir ja doch nicht erspart.«

Ein schwarz-weiß gekleideter Kellner kam herbei.

»Wissen die Herrschaften vielleicht schon, welchen Aperitif sie wünschen?«

»Einen Martini rot«, bestellte Anouk.

»Für mich einen Whisky.«

Der Kellner entfernte sich und verschwand hinter einer Tür mit einem Guckloch. Das musste die Küche sein, denn er kam mit einem Tablett und zwei Gläsern zurück, die er an der Bar einschenkte.

»Sie arbeiten in der Spielzeugbranche, wie mir Ihr Vater erklärt hat?«

»Ja, das Unternehmen, für das ich arbeite, stellt Geschicklichkeitsspiele her, vor allem zum Schießen.«

»Zum Schießen?«, fragte Yvan Barthes verwundert.

»Ja, zum Schießen. Wir verkaufen zum Beispiel Holzgewehre mit kleinen Pfeilen. Gerade Jungs sind ganz wild darauf.«

»Und Mädchen etwa nicht?«, fragte er amüsiert.

»Das kommt auf die Mädchen an. Es gibt welche, die spielen so gerne Cowboy wie die Jungen«, antwortete Anouk lächelnd.

Yvan Barthes starrte sie für den Bruchteil einer Sekunde an und erwiderte dann ihr Lächeln.

»Ich begebe mich jetzt auf gefährliches Terrain, aber etwas sagt mir, dass Sie zu den kleinen Mädchen gehörten, die lieber mit Gewehren hantieren, als Puppenwagen herumzuschieben.«

»Gut geraten! An mir ist tatsächlich ein Junge verloren gegangen. Aber ich habe nicht nur gerne mit Gewehren gespielt, sondern auch mit Revolvern ...«

»Und hat sich das seitdem gegeben?«

»Nein.«

»Nein?«

»Nein, weil ich sie Tag für Tag verkaufe.«

Er hatte immer noch ein Lächeln auf den Lippen und nahm einen Schluck Whisky. Anouk spürte ihr Herz klopfen, doch diesmal fühlte es sich ganz angenehm an. Sie wunderte sich über die lockere Art, mit der dieser Mann plauderte. Außerdem schämte sie sich etwas dafür, dass sie die Unterhaltung auf diese leichte Bahn gelenkt hatte, obwohl sie sich doch getroffen hatten, um über den Tod ihres Vaters zu reden. Um ihre eigene Verlegenheit zu überspielen, griff sie zu ihrem Martini.

Yvan Barthes schien ihre Gedanken lesen zu können, denn seine Miene wurde ernst, und er sagte, nachdem er sein Glas abgesetzt hatte: »Wissen Sie, auch ich habe meinen Vater verloren. Das ist jetzt fünf Jahre her. Krebs. Alles ging ganz schnell. Viel zu schnell. Sie brauchen sich keine Vorwürfe zu machen, weil Sie Ihren Vater für einen kurzen Moment vergessen haben. Gestatten Sie sich diese Ruhepause. Es gibt keinen Trauerkalender, den man beachten müsste, und es ist niemals schlecht, sich etwas Gutes zu gönnen.«

Nach einer kurzen Pause fuhr er fort.

»Das war der Lieblingssatz meines Vaters.«

»Welcher Satz?«, fragte Anouk.

»Es ist nicht schlecht, sich etwas Gutes zu gönnen.«

Besonders, wenn es einem schlecht geht, dachte Anouk bei sich. Sie hatte ihr Glas vergessen und stattdessen die verständnisvollen Sätze dieses Fremden aufgesogen. Er hatte ins Schwarze getroffen und ihre Verwirrung erraten. Mit einem Schluck trank er den Rest seines Whiskys und reichte ihr dann eine Speisekarte.

»Bestellen wir?«

Er musste die Speisekarte auswendig kennen, denn er warf keinen Blick darauf. Stattdessen musterte er Anouk in aller Ruhe. Der Kellner kam, um die Bestellung aufzunehmen.

»Kommen Sie oft hierher?«, wollte Anouk wissen.

»Ja, ziemlich oft. Ungefähr zwei, drei Mal im Monat.«

Er trug einen blauen Anzug und ein weißes Hemd, dessen oberster Knopf offen stand. Er hatte dunkle Haare, braune Augen und eine Uhr am Arm, wie Anouk sie mochte, mit einem Lederband, rechteckigem Zifferblatt und römischen Zahlen. Sie konnte Digitaluhren mit Metallarmband nicht ausstehen, die der Zeit eine numerische Dringlichkeit verliehen und die Handgelenke der Männer so kühl verchromten.

»Hat Ihr Vater mit Ihnen über seine Arbeit gesprochen?«

»Ja, er hat mir oft davon erzählt. Ich glaube, heimlich hat er davon geträumt, dass ich bei ihm einsteige. Eigentlich hat er nur darauf gewartet. Vermutlich hat er deshalb so gerne von den Märkten, die er erschlossen hatte, und von seinen wichtigsten Mitarbeitern gesprochen.«

»Und warum sind Sie nicht in der Firma Ihres Vaters eingestiegen? Zu einfach?«

»Ja, so könnte man sagen, weil es zu einfach gewesen wäre. Ich hatte immer die Absicht, mit meinem Vater zu arbeiten, aber zuerst wollte ich anderswo Erfahrungen sammeln. Ich glaube, erst im Umgang mit fremden Menschen kann man sich richtig entfalten. In der Firma meines Vaters hätte ich mit Sicherheit nicht diese Schlauberger kennengelernt, die mir jetzt begegnen. Wissen Sie, das war nicht immer so, aber im Augenblick machen mir ein paar Kollegen das Leben schwer. Bei der Tochter des Chefs würde man sich das nie trauen. Im Gegenteil, ich wäre nur von Speichelleckern umgeben gewesen. In gewisser Weise sind die Dummheit und die Missgunst der anderen notwendig, um sich zu entwickeln.«

»Ja, das stimmt. Aber trotzdem haben Sie nicht den einfachsten Weg gewählt. Das ist lobenswert.«

Anouk zögerte, das Thema weiter zu vertiefen. Er fand es sicher uninteressant, wenn sie mit ihm über ihre Arbeitsprobleme redete. Außerdem würde er sie bestimmt für eine Nervensäge halten, die mit niemandem zurechtkam. Immerhin betrachtete er sie als Heldin, weil sie es vorgezogen hatte, anderswo zu arbeiten. Das war schon mal etwas. Sie wollte sich lieber »politisch korrekt« verhalten und die Egoprobleme ihrer Kollegen beiseitelassen. »Aber ich versichere Ihnen, außer ein oder zwei Personen habe ich sehr nette Kollegen. Glücklicherweise trifft man auch sympathische Menschen bei der Arbeit, nicht wahr?«

»Ja, es ist angenehmer, wenn sie sympathisch sind ...«

Anouk leerte ihr Glas. Sie wollte nicht wie eine Quasseltante wirken und stellte Barthes eine Frage: »Wie haben Sie meinen Vater kennengelernt?«

»Das war nach dem Berliner Mauerfall. Er hat damals die Gelegenheit ergriffen, ein Joint Venture in Ostdeutschland anzugehen. Er hat mich kontaktiert, um die finanziellen Aspekte abzuwägen, und vor allem, um zu überprüfen, ob das die geeignete juristische Form wäre. Jeder zog damals ein Joint Venture auf. Er wollte mit von der Partie sein, war sich seiner Sache aber nicht sicher. Zu guter Letzt hat sich Ihr Vater weder in der Ex-DDR noch in einem anderen ehemals kommunistischen Land engagiert. Die unterentwickelte Infrastruktur und die Sprachprobleme erwiesen sich als unüberwindliche Hürden. Er hat schließlich in Tunesien investiert. Und er war gut damit beraten. Das wissen Sie genauso gut wie ich.«

»Ja, unsere kleine Fabrik in Tunesien arbeitet sehr gut.«

»Mademoiselle Deschamps, da wir schon beim Thema sind, lassen Sie uns über das Unternehmen sprechen. Die Mitarbeiter stellen sich Fragen über ihre Zukunft. Die größte Befürchtung ist, dass Sie die Firma verkaufen, was zwangsläufig Konsequenzen für das Personal hätte. Es wäre völlig legitim, diese Möglichkeit in Betracht zu ziehen. Wenn Sie einen sehr guten Preis erzielen könnten, hätten Sie bis ans Ende Ihrer Tage keine Geldsorgen mehr. Andererseits weiß ich nicht, ob es dem Willen Ihres Vaters entsprechen würde, wenn Sie sich nun von seinem Lebenswerk trennen ...«

»Spontan würde ich Ihnen sagen, dass ich nicht verkaufe. Ich hätte das Gefühl, ihn zu verraten. Aber angenommen, ich würde es doch tun, wie liefe das dann ab?«

»Man müsste einen Käufer aus der gleichen Branche finden. Normalerweise wendet man sich an die Konkurrenz. Es gibt professionelle Vermittler, die sich auf den Verkauf von Unternehmen spezialisiert haben. Man könnte Kontakt zu einem von ihnen aufnehmen. Wenn Sie wollen, kann ich Ihnen bei der Suche behilflich sein. Ich habe einige Erfahrungen beim Verkauf von Unternehmen.«

Der Kellner unterbrach ihre Unterhaltung und servierte die Vorspeisen. Er öffnete eine Weinflasche und ließ Yvan Barthes und Anouk probieren. Die beiden nickten zustimmend. Ohne abzuwarten, füllte der Kellner ihre Gläser mit dem wichtigen Gesichtsausdruck eines Kellermeisters, wandte sich mit großem Schwung nach links und rechts, obwohl nur 60 Zentimeter die beiden Gäste voneinander trennten.

»Guten Appetit. Sie werden sehen, die Küche hier ist ausgezeichnet«, sagte Yvan Barthes mit Kennermiene.

»Ebenfalls guten Appetit. Und wenn ich nicht verkaufe, was wären dann für Möglichkeiten denkbar?«

»Es gibt mehrere Alternativen. Sie sind nicht gezwungen, alles auf einmal zu verkaufen. Sie können zum Beispiel nur einige Teile des Unternehmens losschlagen. Sie können aber auch alle Anteile behalten und die Direktion übernehmen. Eine andere Möglichkeit wäre es, alle Anteile zu behalten und an Ihrer Stelle einen Geschäftsführer einzusetzen. So kämen Sie in den Genuss der Dividenden, müssten die Firma aber nicht selbst leiten. Das Hauptproblem ist hier im Allgemeinen, eine vertrauenswürdige Person zu finden. Aber ich denke, in Ihrem speziellen Fall müssten wir nicht allzu lange suchen. Wir haben ja schon eine Vertrauensperson.«

»Sie denken an Jean Martinée?«

»Ja. Martinée hatte das ganze Vertrauen Ihres Vaters. Er traf nie eine Entscheidung, ohne ihn vorher um Rat gefragt zu haben. Da Jean Martinée verantwortlich für die Finanzen ist, habe ich oft mit ihm zu tun und kann Ihnen versichern, dass er überaus kompetent und professionell arbeitet. Nicht zu vergessen seine menschlichen Qualitäten. Man muss sich nur ansehen, wie er mit seinen Mitarbeitern umgeht. Um Ihnen die Wahrheit zu sagen, war er es, der mich gebeten hat, Sie zu kontaktieren. Er dachte, dass ein Außenstehender wie ich objektiver als er mit Ihnen über die Zukunft der Firma wird reden können. Er wollte nicht, dass Sie ihm eines Tages vorwerfen müssen, Sie beeinflusst zu haben – wie auch immer Ihre Entscheidung ausfallen wird.«

»Das spricht für ihn. Aber das überrascht mich auch nicht. Sie haben recht, mein Vater hat ihm voll vertraut. Ich übrigens auch. Ich kenne Jean schon seit meiner Kindheit, er ist wie ein Onkel für mich. Mein Vater und er waren besonders seit dem Tod meiner Mutter sehr eng befreundet. Er kam oft zum Essen zu uns und arbeitete dann bis spät abends mit meinem Vater in seinem Büro. Es wäre nur folgerichtig, dass er die Direktion übernimmt. Selbst wenn ich mich eines Tages dazu entschließen würde, die Firma selbst zu leiten, könnte ich das nicht ohne seine Hilfe. Was denken Sie?«

»Ich habe es Ihnen schon gesagt. Behalten Sie Ihre Anteile. Jean Martinée ist Ihr Mann. Mit Ihnen oder ohne Sie.

Und glauben Sie mir, Ihr Vater würde diese Option sofort unterschreiben.«

Anouk dachte einige Sekunden nach und setzte dann ein Lächeln auf.

»Die Idee gefällt mir gut«, sagte sie schließlich.

Yvan Barthes antwortete nicht. Er sah sie ebenfalls mit einem Lächeln an und trank einen Schluck Weißwein. Er fand Anouk Deschamps gar nicht übel, bei näherer Betrachtung sogar ziemlich hübsch. Nicht mal die kleine Narbe mitten auf der linken Wange störte den angenehmen Anblick. Im Gegenteil, das winzige Wundmal war so vorteilhaft platziert, dass bei jedem Lächeln ein Grübchen daraus wurde. Es war entzückend. Außerdem hatte Anouk Deschamps etwas Natürliches an sich, das ihm gefiel. Sie war überhaupt nicht affektiert wie all diese Schnepfen, die sich für etwas Besseres hielten und andere Frauen ausstechen wollten. Solche Manieren gingen ihm auf die Nerven. Anouk Deschamps war nicht so. Aber warum zum Teufel hatte sie ihn an jenem Abend gefragt, ob er Arzt sei? Er stellte sich selbst in einem Krankenhausflur vor, in einem weißen Kittel, gefolgt von drei jungen, hübschen Krankenschwestern mit roten Backen, die leicht verschwitzt waren wegen des Höllentempos, das er ihnen abverlangte. Der Kellner unterbrach seine Gedanken und stellte, wiederum mit großem Eifer, die Teller mit Zanderfilet und Rind ab.

»Hat Ihnen die Vorspeise geschmeckt?«, fragte Yvan Barthes.

»Ja, sie war sehr gut.«

»Überlegen Sie in aller Ruhe, was wir gerade besprochen haben. Auch wenn Ihre Entscheidung praktisch schon feststeht, sollten Sie sich Zeit nehmen. Das ist wichtig. Aber lassen Sie uns jetzt über etwas anderes reden.«

»Wie Sie wollen. Worüber?«, fragte Anouk mit gehobenen Augenbrauen.

»Ich weiß nicht. Wir müssen bis zum Dessert aushalten. Fast eine Stunde also. Das wird nicht leicht...«

Anouk musste grinsen. Gleichzeitig fragte sie sich, ob er wohl das war, was man einen »Womanizer« nannte. Yvan Barthes war nicht nur eine attraktive Erscheinung, er schien auch humorvoll und intelligent zu sein. Sicherlich wusste er, wie er zum Ziel kam, wenn er sich etwas in den Kopf gesetzt hatte. Eigentlich sollte sie auf der Hut sein. Doch sie war zu müde, um sich gegen das wohlige Gefühl zu wehren. Ihr Frosch hatte sich seit einer Stunde nicht mehr gerührt. Sie war gelassen und fühlte sich wohl in Gegenwart dieses Unbekannten, der sein Leben oder das Leben im Allgemeinen zu genießen schien. Offensichtlich ein Optimist. Wie alt er wohl war? Schwer zu sagen. 35 Jahre? Er hatte keine grauen Haare. Doch, an den Schläfen! Also 40? Höchstens 45. In Wahrheit hatte Anouk keine Ahnung. Er befand sich in diesem bei Männern undefinierbaren Alter. Man konnte leicht um zehn Jahre danebenliegen.

Sie blieben über eineinhalb Stunden zusammen sitzen, und die Zeit verging wie im Flug. Zum Schluss vereinbarten sie, sich nach zwei Wochen wieder zu treffen, um die endgültige Entscheidung zu besprechen.

»Ich wäre Ihnen lieber unter anderen Umständen begegnet«, vertraute er ihr beim Abschied an.

»Ich auch«, antwortete sie.

12

Anouk saß am Steuer ihres alten Citroën. Die Sonne tauchte die Landschaft am frühen Morgen in ein wunderschönes Licht. Mit gutem Willen würde der Tag schon auszuhalten sein. Ihr Vater hätte das ganz anders empfunden. Er sah im glitzernden Morgenlicht den Vorboten eines vielversprechenden Tages. Der Arme würde nie mehr das Licht der Sonne auf seinem Gesicht spüren. Er war für immer davon ausgeschlossen. Doch stopp jetzt, Senderwechsel! Sie verscheuchte unverzüglich ihre düsteren Gedanken. Nein, ihr Vater war nicht im Dunkeln gefangen. Er war irgendwo an einem schönen warmen Ort, der von einem mysteriösen Scheinwerfer erleuchtet wurde, und in der Nacht – ja, auch die Toten müssen schlafen! – schaltete sich der Riesenprojektor aus und wich dem milden Dämmerlicht einer Kopie des Abendsterns. Eilig schaltete sie das Radio ein, um nicht über die Absurdität der beruhigenden Schlussfolgerung aus ihrer Grübelei nachdenken zu müssen. Im vorliegenden Fall half eine kindliche Illusion mehr als die realistische Annahme eines Kadavers, in dem ein Heer von unersättlichen Würmern wimmelte. Eine sinnliche Frauenstimme kündigte für die nächsten Tage schönes Wetter an.

Ja genau, da, wo er war, gab es Sterne. Die Vorstellung eines gut beleuchteten Totenreichs gefiel ihr.

Anouk war auf dem Weg zu Jean Martinée. Yvan Barthes war zweifellos ein guter Vermittler, aber sie war der Ansicht, dass sie und Jean sich persönlich treffen sollten. Sie musste an das Gespräch denken, das sie tags zuvor mit Claire und Catherine geführt hatte. Die beiden hatten sie wegen Yvan Barthes auf den Arm genommen. Anouk hatte gleich bemerkt, dass sie dachten, sie hätten ein gutes Thema gefunden, um sie von ihrem Kummer abzulenken; Witze auf Kosten der Männer verbesserten ihre Laune immer. Das funktionierte normalerweise sehr gut. Anouk hatte die Ärgerliche gespielt, als hätte sie lauter Unsinn gehört, schaffte es aber nicht, ihr Dauerlächeln völlig zu unterdrücken. Diesem Barthes kam zumindest das Verdienst zu, jeden auf andere Gedanken zu bringen.

Die Ampel schaltete auf Grün. Sie bog nach rechts in die kleine Straße ein, wo Jean Martinée wohnte. Der Nachrichtensprecher zählte gerade die wichtigsten Schlagzeilen des Tages auf, als ihr Handy klingelte. Sie drehte das Radio leiser und griff zum Telefon.

»Hallo?«

Niemand antwortete. Sie wollte schon auflegen, aber ein Knacks, gefolgt von einem undeutlichen Rauschen, hielt sie davon ab. Es hätte auch ein tiefer Atemzug sein können. Etwas Ähnliches hatte sie schon einmal erlebt.

»*Ich ... bin's ..., Papa*«, flüsterte die Stimme. »*Leg ... nicht ... auf!*«

Völlig verwirrt machte Anouk eine Vollbremsung. Rechts neben ihr knallte ihre Tasche an das Handschuhfach, bevor sie wie ein totes Tier vor dem Beifahrersitz liegen blieb. Der Regenschirm auf der hinteren Ablage flog mit Karacho über die Kopfstützen und landete auf dem Rücksitz. Gebannt hielt Anouk ihr Handy am Ohr fest, die Beine bis zum Äußersten gestreckt und die rechte Hand an das Lenkrad gekrallt.

Sie sagte kein Wort. Die Stimme fuhr ganz leise fort.

»*Keine Angst, Anouk. Hab keine Angst! Behalte deine Firmenanteile.*«

Die Verbindung brach plötzlich ab. Anouk blieb starr da sitzen, ihr Handy immer noch am Ohr, obwohl kein Ton mehr zu hören war.

»Was jetzt? Scheiße noch mal! Wie lange wollen Sie denn noch da stehen bleiben?«

Ein Mann im Wagen hinter ihr beschimpfte sie, dass sie endlich weiterfahren und den Weg frei machen solle. Anouk, die noch immer zitterte, legte den ersten Gang ein, würgte aber vor lauter Aufregung den Motor ab. Das wütende Gehupe eines zweiten Autos verstärkten die Flüche des ersten Fahrers. Anouk ließ den Motor an, drückte hastig aufs Gas und fuhr unkontrolliert und viel zu schnell davon. Sie hatte vergessen, weswegen sie in diese Straße gekommen war. Völlig aufgelöst raste sie bis zum Stadtrand, stellte dort ihren Wagen auf dem Seitenstreifen ab und heulte los, den Kopf gegen das Lenkrad gelehnt. Ihre Tränen vermischten sich mit Vorwürfen gegen ihren Vater, weil er durch seinen brutalen Tod ihr Herz gebrochen hatte und die Wunde durch ein unerwartetes Lebenszeichen jetzt erneut aufriss.

13

»Meine Güte, du verlangst Sachen von mir ... Also gut, weil du es bist. Anouk, ich weiß nicht, ob du dir im Klaren darüber bist, dass wir auf dem Weg zur Polizei sind, um eine Erlaubnis für die Exhumierung deines Vaters zu bekommen. Ich stell mir schon deren Gesichter vor ... ›Und warum wollen Sie den Mann ausgraben?‹ ›Weil er uns dauernd anruft! Ein richtiger Stalker!‹ Die werden uns einsperren ...«

Claire sprach, während sie den Wagen lenkte. Um ihren Worten Nachdruck zu verleihen, wackelte sie mit dem Kopf. Man sah förmlich schon die Polizisten vor ihr stehen.

Anouk, die bis jetzt ruhig geblieben war, sagte: »Ich habe keine Wahl. Ich will endlich Klarheit. Ich bin doch nicht verrückt. Ich schwöre dir, er hat mich angerufen. Es war, als ob er mir helfen wollte. Die einzige Möglichkeit, zu überprüfen, ob mein Vater noch lebt, ist, in seinem Grab nachzuschauen. Mir ist es egal, wenn man mich für eine Verrückte hält. Ich muss es einfach machen, sonst dreh ich durch. Nimm die nächste Straße links.«

»Warum? Da geht's doch nicht zur Polizei.«

»Nein, wir fahren erst zum Pfarrhaus. Wir holen den Pfarrer. Ich glaube, er wird uns helfen können. Er hat gesehen, wie ich das Handy in den Sarg meines Vaters gelegt habe.«

»Den Pfarrer?! Oh Gott, der hat uns gerade noch gefehlt ...«

Kaum hatte dieser die Tür geöffnet, erkannte er Anouk wieder. Im Gegensatz zu ihr, die einen Moment dachte, sie hätte sich in der Adresse geirrt. Sie starrte ihn an. Zu ihrer Überraschung trug er einen schwarzen Anzug und dazu einen dunkelgrauen Rollkragenpullover. Ganz naiv hatte sie sich ihn mit einem weißen Gewand und roter Schärpe vorgestellt, wie bei der Sonntagsmesse.

Er bat die jungen Damen zu sich herein. Nach einigen Höflichkeitsfloskeln erzählte ihm Anouk, was in den letzten Tagen passiert war. Der Gottesdiener schien nicht sonderlich überrascht, und im Gegensatz zu Claire unterstellte er Anouk nicht, dass sie den Verstand verloren habe. Sie, die überhaupt nicht religiös war, entdeckte im Blick des alten Mannes mit einem Mal ein tröstliches Wohlwollen. Offensichtlich glaubte er ihr und, mehr noch, schien bereit, sie gegenüber Dritten zu unterstützen. Anouk freute sich, weil er eine Autoritätsperson war und sie mit ihm ohne Zweifel einen starken Verbündeten an ihrer Seite hatte. Trotzdem wunderte sie sich, dass er sich so bereitwillig auf so ein ungewöhnliches Abenteuer einließ.

Die zwei Frauen nahmen ihn mit. Brav setzte er sich hinten ins Auto.

»Nur noch eine Frage, Herr Pfarrer«, meldete sich Claire zu Wort, wobei sie in den Rückspiegel blickte. »Kommen wir in die Hölle, wenn wir einen Toten ausgraben?«

Er sah sie mit seinen blauen Augen über den kleinen Spiegel an und antwortete in ruhigem Ton.

»Drei Viertel der Menschheit glaubt an ein Leben nach dem Tod. Wovor haben Sie denn solche Angst? Dass Sie die Bestätigung für die Existenz einer anderen Welt finden? Hätten Sie lieber den hundertprozentigen Beweis für den Tod bis in alle Ewigkeit?«

Er hatte nicht auf die Frage geantwortet, die Claire von einem Experten geklärt haben wollte. Das spürte er und sprach weiter: »Da Sie auf der Suche nach der Wahrheit sind, werden Sie nicht in die Hölle kommen, Mademoiselle. Machen Sie sich keine Sorgen. Ich werde beim heiligen Petrus ein gutes Wort für Sie einlegen«, schloss er mit einem spöttischen Lächeln.

»Gut, wenn Petrus mit im Spiel ist, bin ich beruhigt«, sagte Claire, die dabei strikt geradeaus blickte.

Eine gute Viertelstunde war vergangen, als ein blauer Lieferwagen neben Anouks Auto hielt. Fünf Polizisten stiegen aus. Ohne eine Sekunde zu verlieren, stiegen sie die Treppe zur Polizeiwache hoch. Drei gingen in die Büros in den oberen Etagen. Nur zwei kamen zum Empfangsraum, wo die zwei jungen Frauen mit dem Pfarrer in Zivil warteten.

»Guten Tag«, sagte einer der beiden Polizisten und lüpfte seine Dienstmütze. Der zweite grüßte kurz im Vorbeigehen, bevor er in einem anderen Büro verschwand.

»Guten Tag«, antworteten die drei Besucher im Chor.

Der junge Beamte vom Dienst flüsterte dem älteren Kollegen, der gerade hereingekommen war, einige Worte ins Ohr. Letzterer wandte sich an das Trio: »Ich komme gleich zu Ihnen. Ich muss nur noch schnell einen Anruf erledigen. Nehmen Sie doch Platz, wenn Sie wollen.«

Er setzte eine ernste Miene auf und wählte eine Nummer.

»Ja, ich bin's. Ich komme gerade von der Straßensperre auf der Nationalstraße Richtung Paris, und eins kann ich dir sagen: Die Bauern haben nicht die Absicht, aufzugeben. Ich habe mit dem Gewerkschaftsführer gesprochen, und er hat mir bestätigt, dass sie die Straße noch die ganze Nacht blockieren wollen. Das wird noch eine lange Geschichte, das sehe ich schon kommen. Wir brauchen Verstärkung. Den Autofahrern könnte jeden Augenblick die Geduld platzen. Wir müssen aufpassen, dass sie nicht durchdrehen und die Straßensperren mit Gewalt durchbrechen. Die Sprecher der Bauern haben mir gesagt, dass sie die Situation im Griff und einen guten Ordnungsdienst haben, aber sie hätten nichts dagegen, wenn wir unsere Leute schicken für den Fall, dass sich die Situation verschärft. Du kannst dir denken, dass sie sich auskennen, nach all den Demos und Aktionen, die sie veranstalten! Apropos Aktionen: Es gibt Gerüchte, dass sie heute Nacht vorhaben, die Kühlräume eines Supermarkts zu stürmen, um illegal importiertes Billigfleisch zu vernichten. Sie haben beschlossen, auf den Putz zu hauen. Aber die Verantwortlichen wollten mir nicht sagen, in welchem Supermarkt sie die Aktion starten werden. Auf jeden Fall musst du uns ein paar Männer schicken ... Ja, ich habe heute Morgen auch mit dem Präfekten gesprochen. Er möchte laufend über den Fortgang der Ereignisse informiert werden ... Hör zu, ich muss mich jetzt um drei Leute kümmern, die schon eine ganze Zeit lang hier warten, aber ich werde mich gleich danach bei ihm melden ... Okay, ruf mich in einer Stunde zurück. Bis dann!«

Der Polizist legte auf und hob den Kopf in Richtung der drei Besucher, die jedes Wort des Telefongesprächs mitbekommen hatten. Anouk war schlagartig klar geworden, dass der Polizist im Moment ganz andere Sorgen hatte. Nur schwerlich würden seine Gehirnwindungen die Kurve von den Demonstrationen wütender Bauern zu ihrer Geschichte über einen lebenden Toten kriegen, den sie exhumieren wollte. Im Bruchteil einer Sekunde begriff sie, dass sie nicht alles sagen durfte. Dieser Mann sah so streng aus wie seine Uniform und würde sie sofort für eine Verrückte halten.

»Ich rate Ihnen, heute nicht die Nationalstraße nach Paris zu nehmen. Haben Sie vorhin zugehört? Die Bauern haben alles blockiert. Gut, also was kann ich für Sie tun?«

Langsam erhob sich Anouk und ging zum Tresen. Mit zögerlicher Stimme begann sie zu sprechen.

»Na ja, ich bin mir nicht sicher, ob Sie derjenige sind, der sich um Angelegenheiten wie diese kümmert. Wir sind per Zufall hierhergekommen, weil wir nicht wussten, an wen wir uns wenden sollten.«

Der Ordnungshüter sagte nichts, was Anouk auch nicht gerade dabei half, sich zu erklären. Sie suchte nach Worten und fuhr nervös fort.

»Hmm, also ich wollte wissen, welche Formalitäten bei der Exhumierung einer Person zu beachten sind.«

»Welche Person?«

»Mein Vater.«

»Warum wollen Sie ihn exhumieren?«

»Um ihn zu einem anderen Friedhof zu überführen.«

Claire und der Priester, die hinter Anouk saßen, wechselten überraschte Blicke. Anouk war im Begriff, ein Szenario zu entwerfen, dessen Fortgang sie nicht kannten.

»Können Sie mir Ihren Namen sagen?«

»Anouk Deschamps.«

»War das Ihr Vater, der vor einer Woche einen tödlichen Unfall hatte?«

»Ja.«

»Wirklich ein schrecklicher Unfall. Wir sind vor Ort gewesen. Mein herzliches Beileid. Aber gestatten Sie mir eine Frage: Warum haben Sie nicht vor der Beerdigung darum gebeten, dass er gleich auf dem anderen Friedhof beigesetzt wird? Es ist nicht üblich, solch einen Antrag kurz nach dem Begräbnis zu stellen.«

»Wissen Sie, in so einem Moment kann man nicht an alles denken. Verwandte hatten netterweise angeboten, sich um alles zu kümmern, aber leider haben sie auch nicht daran gedacht.«

»Und was sagt Ihre Mutter dazu?«

»Sie ist schon vor 24 Jahren gestorben.«

»Ach so«, sagte der Polizist etwas verlegen. »Und wo ist Ihre Mutter beerdigt?«

»Ebenfalls hier.«

»Also wollen Sie zwei Personen exhumieren lassen? Ich nehme an, dass Sie nicht die Absicht haben, Ihre Eltern zu trennen?«

Anouk hatte diese Frage nicht erwartet, aber sie antwortete, ohne zu zögern.

»Ja, genau.«

»Hmm«, brummte der Polizeibeamte.

Claire, die das Gespräch nervös verfolgte, war wegen der Neugier des Polizisten beunruhigt. Er stellte zu viele Fragen. Anouk wurde immer konfuser, und ihr Wunsch nach einer Exhumierung nahm abenteuerliche Züge an.

»Haben Sie Geschwister?«

»Nein.«

»Das heißt, Sie sind die einzige Nutzungsberechtigte der Grabstelle. Da die Zustimmung des Grabbesitzers für die Exhumierung erforderlich ist, dürfte das in diesem Fall keine Probleme bereiten. Aber Sie müssen sich an die Stadt wenden. Der Bürgermeister ist für die Bestattungsordnung zuständig. Er achtet darauf, dass Exhumierungen vorschriftsmäßig vonstattengehen.«

»Wie lange wird das dauern?«

»Ah, das weiß ich nicht. Aber bei all den Formalitäten muss man bestimmt mit mehreren Wochen rechnen. Außerdem muss auch ein Polizeibeamter bei der Exhumierung anwesend sein. Im vorliegenden Fall könnte ich das übernehmen. Ich kann auch den Vollzug beglaubigen.«

»Mehrere Wochen?«, wunderte sich Anouk und versuchte, ihre Verwirrung zu verbergen. »Gibt es keine Möglichkeit, das Verfahren zu beschleunigen?«

»Nein. Es sei denn, eine Ermittlung zur Feststellung von Beweismitteln wird durchgeführt. Oder es ist von vornherein erwiesen, dass die Grablegung nicht vorschriftsmäßig abgelaufen ist. Aber das ist hier nicht der Fall, oder?«

Anouk zögerte mit der Antwort. Sollte sie einfach die Wahrheit sagen? Warum eigentlich nicht? Der Polizeichef sprach wie ein Experte über die delikate Angelegenheit. Vielleicht würde er ihr glauben ... Die Notsituation erforderte schnelles Handeln. Wenn ihr Vater noch am Leben war, musste das Grab innerhalb der nächsten Stunden geöffnet werden. Man konnte nicht einige Wochen warten.

»Vielen Dank, wir werden uns an die Stadt wenden, damit die Exhumierung ordnungsgemäß über die Bühne gehen kann«, schaltete sich Claire ein. Sie erhob sich, ging zu Anouk und fasste sie am Arm. Anouk hatte begriffen, dass ihre Freundin dieser Unterhaltung ein Ende bereiten wollte. Sie gingen, gefolgt vom Priester, zum Ausgang.

»Vielen Dank für die Auskunft. Auf Wiedersehen.«

»Wiedersehen, Mademoiselle. Und alles Gute.«

Der Polizist wartete, bis die drei Besucher die Wache verlassen hatten. Als er allein im Raum war, griff er zum Telefon und wählte eine Nummer.

»Guten Tag, Madame. Polizeioberrat Dufresne am Apparat. Könnte ich bitte mit dem Präfekten sprechen? Es geht um die Blockade der Bauern auf der Nationalstraße nach Paris.«

14

»Ich weiß nicht, welcher Teufel dich geritten hat mit deiner Geschichte, aber wir hatten keine andere Wahl«, schimpfte Claire. »Wir mussten schnell weg, du hast von deiner Mutter gesprochen und von einem anderen Friedhof ... Du hättest von Anfang an sagen sollen, dass du nur deinen Vater exhumieren willst.«

Nach einer Pause ergriff der Pfarrer das Wort.

»Warum haben Sie sich nicht getraut, die Wahrheit zu sagen? Ich hätte bestätigen können, dass die Beerdigung nicht ordnungsgemäß abgelaufen ist wegen des Handys im Sarg. Aus diesem Grund sollte ich ja auch mitkommen.«

Anouk, die bis dahin geschwiegen hatte, drehte sich zu dem Priester um, der auf dem Rücksitz des Autos saß. Er hatte sich nicht angeschnallt und beugte sich nach vorne, die Ellbogen auf den Knien.

»Also gut, ich war verunsichert und habe mich in meinen Erklärungen verheddert. Aber ich hätte euch mal an meiner Stelle sehen wollen! Herr Pfarrer, ich weiß, dass Sie mich jetzt für feige halten, weil ich so schnell einen Rückzieher gemacht habe. Ja, und?! Stellen Sie sich vor: Ich hatte Angst! Ich hatte Angst, dass man mich für verrückt erklärt und in eine Anstalt einweist. Offensichtlich können Sie das nicht verstehen. Sie verbringen jeden Sonntagmorgen damit, irgendwelche Märchen zu erzählen, und alle finden das normal. Sie behaupten, dass der kleine Jesus der Sohn Gottes ist. Dass seine Mutter durch die Kraft des Heiligen Geistes schwanger wurde und dass Jesus von den Toten auferstanden ist – und keiner findet etwas dabei. Im Gegenteil, je unglaublicher, desto mehr glauben die Menschen daran.

Aber denken Sie, all die Leute, an die Sie sich jeden Sonntag wenden, würden mir glauben, wenn ich sie an der Kirchentür abpassen und ihnen die Geschichte mit dem Handy erzählen würde? Ganz sicher nicht! Das wären die Ersten, die mich einweisen lassen würden! Und wissen Sie warum? Weil ich nicht ausschaue wie Fernandel als Don Camillo. Um diese Art von Unsinn zu erzählen, muss man eine Soutane tragen! Und das ist noch nicht alles. Man muss lateinisch sprechen. Das klingt besser und wirkt glaubhafter.«

»Vielen Dank ... Schön für mich, zu hören, dass meine Predigten nichts als Lügenmärchen sind.«

Anouk legte wieder los: »Es gibt zwei Möglichkeiten: Entweder ich verkleide mich als Nonne und erkläre, dass ich Stimmen aus dem Jenseits höre. Und die weiße Haube auf meinem Kopf wird mich über jeden Verdacht auf geistige Verwirrung erheben. Oder ich schaue, dass ich allein zurechtkomme.«

»Wie? Ganz allein ...«, fragte Claire beunruhigt.

»Herr Pfarrer«, sagte Anouk. »Sie haben uns vorhin erklärt, dass man nicht in die Hölle kommt, wenn man auf der Suche nach der Wahrheit ist. Stimmt's?«

»Stimmt«, bestätigte der Priester.

»Gut. Ich habe mich dazu entschlossen, die Wahrheit mit eurer Hilfe zu suchen. Wir werden meinen Vater heute Nacht ausgraben.«

»Heute Nacht?«, stöhnte Claire. »Aber was erzählst du denn da?«

Anouk erläuterte: »Wir haben keine andere Wahl. Wenn mein Vater noch lebt, ist es höchste Zeit, ihn aus seiner Lage zu befreien. Wir können nicht mehr lange warten. Herr Pfarrer, Sie kennen doch bestimmt ein Bestattungsunternehmen oder Totengräber, Sie haben ja regelmäßig mit so etwas zu tun. Es lassen sich doch garantiert ein paar Typen finden, die uns für ein bisschen Geld zur Hand gehen, oder?«

»Mademoiselle, sind Sie sich darüber im Klaren, was Sie da von mir verlangen? Wollen Sie, dass ich Ihnen zwei Handlanger vermittle, die einen Leichnam ohne Genehmigung exhumieren? Sie machen sich strafbar – und Ihre vier Mithelfer auch, wenn ich mich und Ihre Freundin dazurechne.«

»Entschuldigung, aber Sie sind etwas vorschnell«, unterbrach Claire. »Ich habe ja noch gar nichts versprochen ... Ich bin mir nicht sicher, ob ich mitmache, denn – offen gesagt – Friedhöfe bei Nacht sind nicht gerade mein Ding.«

Anouk wandte sich erneut an den Pfarrer.

»Mir ist bewusst, dass ich viel verlange, aber ich habe niemanden, an den ich mich mit dieser Art von, sagen wir, Problemen wenden könnte. Außerdem weiß ich, dass Sie meinen Vater gut kannten. Er hat sich Ihnen auch wiederholt erkenntlich gezeigt, wenn Sie um Spenden gebeten haben. Tun Sie es für ihn. Ich bitte Sie, helfen Sie mir.«

Der Pfarrer schaute sie an und legte eine Hand auf ihren Arm.

»In Ordnung. Ich werde Ihnen helfen.«

Anouk schenkte ihm ein Lächeln und erwiderte dankbar seine Geste. Dieser schwarz gekleidete Mann war die Güte in Person, das wurde ihr jetzt erst klar. Er würde von seinen Prinzipien abweichen, um ihr zu helfen. Es war viel verlangt von einem Menschen, der sich zu einem tadellosen Lebenswandel verpflichtet hatte.

»Ich möchte mich für vorhin entschuldigen«, sagte sie zu ihm.

»Warum?«

»Was ich gesagt habe, habe ich nicht so gemeint.«

»Doch, das haben Sie.«

»Ja, schon. Aber ich hatte mehr die Heuchler im Sinn, die nur so tun, als ob sie glauben. Sie sind von dem überzeugt, was Sie sagen, sonst wären Sie nicht hier.«

Sie machte eine kleine Pause. »Irgendwann schaue ich mal in Ihrer Kirche vorbei, um mir anzuhören, was Sie so erzählen.«

Er lächelte. Sie hatte ihm das im selben Ton gesagt, in dem sie einem Sänger versprochen hätte, demnächst eines seiner Konzerte zu besuchen.

15

Angesichts der heiklen Mission, die sie erwartete, verharrten die drei jungen Frauen in nachdenklichem Schweigen. Anouk und Claire hatten Catherine abgeholt. Es waren mehrere Wachtposten erforderlich. Claire fuhr. Zwar herrschte kein Vollmond, aber der fahle Lichtschein genügte für die Nachtarbeit bei bloßem Auge. Der Priester saß in einem Lieferwagen, zusammen mit zwei Totengräbern. Die beiden hatten nicht lange gebraucht, um sich zu entscheiden. Fünf Minuten waren ausreichend gewesen. Allerdings hatten sich die mit Geldscheinen gefüllten Kuverts auch als überzeugende Argumente erwiesen. Der Lieferwagen hielt vorsichtshalber nicht direkt am Friedhof, sondern in einiger Entfernung in einer kleinen Seitenstraße. Die drei Freundinnen parkten direkt dahinter. Zwei große, hagere Männer stiegen aus dem Wagen. Zur Begrüßung spuckten sie vor dem Auto aus und nickten kurz mit dem Kopf. Danach drehten sie sich um und wechselten nach einer weiteren Spuckrunde einige Worte miteinander. Anschließend öffneten sie die Wagentür, um das Werkzeug zu holen. Trotz der schlechten Beleuchtung erkannte Anouk Eisenstangen, Schaufeln, Seile und eine Winde. Sie nahmen auch Holzrollen und zwei Wolldecken heraus, deren Verwendung sie nicht erriet. Als die beiden Gestalten näher kamen und zu sprechen begannen, wehte Anouk eine Alkoholfahne entgegen. Der Pfarrer bemerkte ihr Unbehagen.

»Ich habe sie in einer Bar aufgegabelt. Sie hatten schon einiges getrunken. Machen Sie sich keine Sorgen. Die haben diese Arbeit schon hundert Mal gemacht.«

»Ja, im Grunde kann ich sie sogar verstehen. Im nüchternen Zustand ist das wohl auch kaum auszuhalten.«

Anouk wandte sich an die zwei Männer. Bevor sie etwas sagen konnte, begann der ältere der beiden zu sprechen.

»Also junge Frau, wohin gehen wir? Zur Nord- oder zur Südseite des Friedhofs?«

»Folgen sie mir«, sagte Anouk. Und dann zu Catherine gewandt: »Catherine, du bleibst am Eingang des Friedhofs stehen. Stell dich so hinter das Gitter, dass man dich von außen nicht sehen kann. Wenn's irgendwas gibt, rufst du uns per Handy an. Okay?«

»In Ordnung«, antwortete Catherine nervös.

Anouk ging als Erste, gefolgt vom Priester und ihren Freundinnen. Die beiden Totengräber kamen weiter hinten. Sie trugen das ganze Material. Anouk hatte bemerkt, dass der Jüngere unter der Last der Säcke ein wenig hinkte. Und sie hatte sich verwundert gefragt, ob diese Behinderung wohl ein Geburtsfehler oder die Folge eines Unfalls war. Du stellst dir aber auch Fragen, sagte sie nun zu sich selbst, wohl wissend, dass ihre Gedanken im Zusammenhang mit dem Problem, das sie heute Nacht lösen wollte, ziemlich überflüssig waren.

Am Eingangstor angekommen, wandte sich Anouk an Catherine.

»Du bleibst hier. Wird's gehen?«

»Ja, ja«, antwortete Catherine noch angespannter.

Die beiden Männer blieben stehen.

»Wir holen den Minibagger am anderen Ende des Friedhofs. Ohne den schaffen wir es nie, den Grabstein anzuheben.«

»Ihr seid verrückt«, fauchte Anouk. »Man wird euch tausend Meter im Umkreis hören.«

»Tut uns leid, junge Frau, aber wir haben keine Wahl«, antwortete der Ältere und ging los, ohne sich auch nur einmal nach Anouk umzudrehen.

»Lassen Sie ihn«, mischte sich der Priester ein. »Sie haben recht. Nur mithilfe der Technik kann man den tonnenschweren Marmorstein aufheben. Warten wir am Grab auf sie.«

Anouk, der Priester und Claire waren schon am Grab, als sich ein Fahrzeug mit aufgeblendeten Scheinwerfern näherte. In dieser Mondkulisse hätte man denken können, die Maschine sei dafür konstruiert, den Weltraum zu erobern. Sie bewegte sich wie auf einer Erkundungsmission auf einem unbekannten Planeten. Das Fahrzeug hielt mit einem Ruck an, und die beiden Kosmonauten kletterten aus dem Cockpit.

»Also, welcher ist es? Der schwarze?« Der Pfarrer nickte ihnen zu. Sie stellten den Minibagger vor dem Grab ab und setzten die drei Holzrollen zwischen dem Fahrzeug und dem Grabstein ab. Dann nahmen sie die Eisenstangen und stellten sich auf beiden Seiten des Marmorgrabs auf.

»Herr Pfarrer«, sagte der Ältere – der Jüngere ergriff nie das Wort. »Sobald wir den Stein angehoben haben, schieben Sie das Seil unten durch. Okay?«

Der Priester nickte zustimmend. Er nahm das Seil in die Hand und wartete. Die zwei Arbeiter stemmten ihre Eisenstangen zwischen Sockel und Stein. Mit ihrem ganzen Gewicht stützten sie sich auf die Stangen und hoben dank der Hebelwirkung den Marmorblock einige Zentimeter an. Wie vereinbart schob der Pfarrer das Seil unter dem Stein durch.

»Legen Sie auch die Decken drunter. Falls der Stein runterfällt, man weiß ja nie. Soll ja nichts kaputtgehen. Und dann geben Sie uns die beiden Seilenden.«

Der Pfarrer machte sich vorsichtig ans Werk, aufmerksam beobachtet von den jungen Frauen, die die Szene verfolgten, ohne ein Wort zu sagen. Die beiden Männer nahmen mit einer Hand die Seilenden und hielten mit der anderen die Stangen fest. Gleichzeitig ließen sie dann die Stangen fallen, um mit beiden Händen das Seil greifen zu können. Langsam hievten sie den Stein auf das erste Rundholz und ließen los. Der Jüngere befestigte das Seil hinten am Minibagger. Anschließend setzte er sich an das Lenkrad der Maschine und zog den schwarzen Marmorblock vorsichtig auf die Rundhölzer. In weniger als einer Viertelstunde hatten sie es geschafft, die Gruft zu öffnen. Man sah nichts als ein großes, schwarzes Loch. Mit geübten Griffen nahmen sie danach zwei weitere Seile und die Winde. Sie machten sich daran, den Sarg herauszuheben. Anouk beobachtete die Szene mit gespannter Miene. Sie umklammerte ihr Handy, das in der rechten Manteltasche steckte. Ihr Herz schlug bis zum Hals.

»Bleiben Sie nicht hier«, sagte der Priester zu ihr. »Gehen Sie ein paar Schritte zur Seite, damit Sie mich noch hören können. Ich werde währenddessen mit Ihnen sprechen.«

Anouk ging etwa zehn Meter weg und blieb mit dem Rücken zum Grab stehen.

»Verdammte Scheiße, ist der Hund schwer! Zieh, Maurice! Zieh doch, Herrgott noch mal! Der wird sonst noch auf die Schnauze fallen!«

»Ich bitte Sie, Messieurs. Ein bisschen mehr Respekt. Es handelt sich schließlich um den Vater des Fräuleins.«

»Ach, Entschuldigung, junge Frau! Wir haben schon Respekt vor den Toten, aber ein wenig Spaß muss sein! Zur Entspannung, verstehen Sie? Aber Ihr Vater ist wirklich verdammt schwer! Stimmt doch, Maurice, oder?«

Maurice, der Jüngere, nickte zustimmend, doch Anouk wandte sich nicht um.

Die beiden Männer setzten den Sarg auf dem Kies ab, mitten auf dem Gehweg.

»Machen Sie ihn auf«, forderte der Priester mit ruhiger Stimme.

Die Männer gehorchten. Das Geräusch des unter den Metallspaten splitternden Holzes ließ Anouk erschauern. Claire, die die Szene beobachtete, konnte einen Schrei nicht unterdrücken.

Furchtlos näherte sich der Priester der langen Kiste aus Eichenholz und sagte zu Anouk: »Bleiben Sie, wo Sie sind. Drehen Sie sich nicht um! Ihr Vater ruht in Frieden. Er ist wirklich tot.«

Claire hielt sich ein Taschentuch unter die Nase und ging ein paar Schritte Richtung Sarg.

»Anouk, der Pfarrer hat recht. Dein Vater ist da. Er ist tot. Es gibt keinerlei Zweifel.«

Anouk fing an zu weinen. Mit erstickter Stimme fragte sie: »Claire, und das Handy? Wo ist das Handy?«

»Ich hab's.« Der Pfarrer hatte es trotz der Dunkelheit auf Anhieb gefunden. Er gab es Claire, die es an ihre Freundin weiterreichte.

»Schau«, sagte Claire, »es funktioniert noch.«

Wortlos drückte Anouk die Taste für die letzten empfangenen Anrufe und erkannte die Nummer aus der Wohnung ihres Vaters. Sie hatte ja vorgestern angerufen. Claire bemerkte den verwirrten Blick ihrer Freundin und nahm Anouk am Arm.

»Aber wie ist das möglich? Er ist tot. Das Handy war in seinem Sarg, und ich habe mit ihm gesprochen!«

Vor Verblüffung verschlug es Claire die Sprache. Ein kalter Schauer lief ihr über den Rücken. Der Priester kam auf sie zu und wandte sich ganz ruhig an Anouk.

»Ihr Vater hatte das Bedürfnis, mit Ihnen zu reden. Er hat sich das Handy ausgesucht, aber er hätte auch eine andere

Kommunikationsform wählen können. Vermutlich dachte er, das wäre das beste Mittel, Sie zu erreichen. Aber in Wahrheit spielt das gar keine Rolle. Dort, wo er sich jetzt befindet, kommunizieren die Seelen ohne Worte und technische Hilfsmittel. Sie hätten nichts verstanden, wenn er in seiner neuen Sprache mit Ihnen gesprochen hätte ...«

»Aber das ist doch Schwachsinn! Was erzählen Sie da?!«, empörte sich Claire. »Sehen Sie nicht, dass meine Freundin schon durcheinander genug ist? Ich übrigens auch! Also hören Sie auf! Es gibt sicher eine vernünftige Erklärung. Ich habe sie noch nicht, aber es gibt eine Erklärung. So viel ist sicher!« Claire versuchte, ihre Gedanken zu ordnen.

Unerschütterlich fuhr der Gottesmann fort.

»Ich will damit sagen, dass die Seele Ihres Vaters weiterlebt. Sein Körper war nichts als eine fleischliche Hülle. Ihr Vater wird weiter mit Ihnen sprechen – mit oder ohne Handy. Es liegt an Ihnen, ob Sie ihn hören wollen.«

Anouk sagte nichts. Mit geröteten Wangen, die noch feucht von ihren Tränen waren, schien sie eine Lösung dieses Rätsels zu suchen. Doch plötzlich kam sie zu sich und wandte sich an den Pfarrer.

»Legen Sie das Handy wieder in den Sarg. Genau dorthin, wo Sie es gefunden haben. Fragen Sie mich nicht, weshalb!«

Der Pfarrer gehorchte, ohne auch nur ein Wort zu erwidern, und legte das Handy neben den Toten. Er wechselte ein paar Worte mit den zwei Männern und ging wieder auf die jungen Frauen zu.

»Verschwinden wir jetzt. Die beiden wissen, was sie zu tun haben.«

16

Die zwei Frauen frühstückten, während Arthur sie abwechselnd mit seinem Schlafzimmerblick beobachtete. Er strahlte eine erstaunliche Ruhe aus, sie hingegen knabberten nervös an ihren Butterbroten. Anouk und Claire hatten die ganze Nacht über kein Auge zugemacht. Nachdem sie Catherine und den Priester nach Hause gebracht hatten, waren sie noch in eine Bar gegangen, da ihnen überhaupt nicht nach Schlafen zumute war. Sie hatten alle möglichen Vermutungen diskutiert, um schließlich auf eine einzige Erklärung zu kommen, die allerdings, ehrlich gesagt, auch nicht wirklich überzeugend klang: Es musste sich um die üblen Scherze eines Telekom-Mitarbeiters handeln.

»Aber warum macht der das?«

»Keine Ahnung. Wahrscheinlich ist es ein Geisteskranker, ein Technikfreak, der irgendwelche Tricks kennt«, erwiderte Claire, verzog dabei das Gesicht und tauchte ihr Butterbrot in den Milchkaffee.

»Glaubst du wirklich?«

»Na ja, auf jeden Fall handelt es sich nicht um deinen Vater. Der Pfarrer mag ein netter Mann sein, aber er redet nichts als Unsinn. Er war so froh, so etwas wie einen Beweis für seine Religion gefunden zu haben, dass er alles Erdenkliche tun würde, um daran zu glauben. Vergiss das, Anouk!« Sie nahm einen Schluck Kaffee und fuhr fort: »Was machst du heute?«

»Ich gehe noch einmal zur Wohnung meines Vaters. Ich brauche ein paar Papiere. Aber vorher treffe ich mich noch mit seinem Partner Jean. Ich möchte, dass er mit mir zusammen die Firmenleitung übernimmt.«

Eine Dreiviertelstunde später saß Anouk in ihrem Wagen und fuhr durch dieselbe Straße wie am Tag zuvor. Sie parkte nicht weit entfernt von der Wohnung des Freundes ihres Vaters. Jean wartete schon auf sie. Obwohl er im vierten Stock wohnte, nahm sie lieber die Treppe als den Aufzug.

»Hallo, Anouk. Komm rein.«

Sie küssten sich zur Begrüßung auf die Wangen.

»Ich habe uns einen Kaffee gemacht.«

Seine Wohnung war im selben Stil eingerichtet wie die ihres Vaters. Gebohnertes Parkett, alte Möbel und die Wände mit Büchern tapeziert.

»Nimmst du immer noch keinen Zucker?«

»Nein, danke.«

Jean sah sie nicht an und rührte mit dem Löffel in seiner Tasse.

»Anouk, du weißt ja, dass dein Vater wie ein Bruder für mich war. Er fehlt mir. Sein Tod war so brutal.«

Anouks Blick verschleierte sich, bevor sie antworten konnte.

»Mir war klar, dass Papa eines Tages nicht mehr da sein würde, aber auf *das* war ich nicht vorbereitet ... Es ist hart. Es ist hart und ungerecht. Er hat das Leben so sehr geliebt. Wie meine Mutter übrigens auch.«

Anouk machte eine kleine Pause, bevor sie fortfuhr.

»Jean, ich brauche dich. Ich kann die Firma nicht alleine leiten. Yvan Barthes hat mit mir darüber gesprochen, aber ich bin aus eigenem Antrieb hier. Ich denke, du solltest die Direktion der Firma zusammen mit mir übernehmen. Das empfiehlt im Übrigen auch Yvan Barthes. Papa hatte restloses Vertrauen zu dir.«

»Du musst dich nicht so rasch entscheiden. Du kannst doch noch in Ruhe darüber nachdenken.«

»Ich habe mir alles gut überlegt. Du bist es. Wer sonst würde denn in Frage kommen?«

»Naja, du selbst, Anouk ...«

»Nein, nicht ohne dich. Allein bin ich dazu nicht fähig, außerdem gehört diese Firma in gewisser Weise auch dir. Du warst von Anfang an dabei. Jean, ich möchte dir noch ein Angebot außer der gemeinsamen Firmenleitung machen.«

»Ja, und das wäre?«

»Ich verkaufe dir die Hälfte der Anteile mit Rücknahmerecht.«

Der Mittfünfziger schaute sie einige Sekunden lang an.

»Bist du dir im Klaren darüber, was du da sagst? Das ist ein großzügiges Angebot. Weißt du, dass ich bereits 15 Prozent der Anteile besitze? Außerdem hätte Louis sicher nicht gewollt, dass du deine Anteile verkaufst.«

»Ja, ich weiß. Er hätte nicht gewollt, dass ich an Fremde verkaufe, aber mit dir ist es etwas anderes. Du gehörst praktisch zur Familie. Ich bin mir ganz sicher.«

»Danke«, sagte er sichtlich bewegt von der Tatsache, dass diese junge Frau wild entschlossen schien, ihm ihr Vertrauen zu schenken. Halb ernst fügte er hinzu: »Du bist eine geborene Geschäftsfrau, Anouk. Du hast recht, dir das Rückkaufsrecht zu sichern. Ich könnte die Anteile ja sonst bei der ersten Gelegenheit an einen x-Beliebigen verkaufen.«

Sie lächelte, da er auf ihr Angebot eingegangen war. Dann nahm sie einen Schluck Kaffee und seufzte vor Erleichterung.

»Jean?«

»Ja?«

»Hast du auch manchmal den Eindruck, meinen verstorbenen Vater zu hören? Als ob er zu dir sprechen würde?«

»Ja, irgendwie schon. Aber ich spreche sowieso die ganze Zeit mit ihm. Sei es im Büro oder im Auto. Ich frage mich, welche Entscheidung er treffen würde, wenn er noch hier wäre. Und ich glaube, in meinen imaginären Zwiegesprächen antwortet er mir. Warum?«

»Seit seinem Tod hatte ich schon des Öfteren das seltsame Gefühl, dass er mit mir spricht.«

»Man vergisst niemals die Menschen, die man geliebt hat, Anouk. Ich selbst wende mich oft an meine Frau und an meine Eltern, und ich hoffe, dass sie mich hören. Wenn sie mich nur hören könnten ...«

Anouk beobachtete Jean, der einen Augenblick lang in seinen Gedanken zu versinken schien. Er weilte bei seinen Angehörigen, die in eine andere Welt verschwunden waren. Sie begriff, weshalb ihr Vater diesen Mann gemocht hatte. Er hatte Ausstrahlung, eine schnelle Auffassungsgabe, und man konnte in seinen Augen die Bereitschaft erkennen, anderen zu verzeihen.

17

Kurz nachdem Anouk Jean verlassen hatte, rief sie Yvan Barthes an. Warum noch eineinhalb Wochen warten, wenn sie ihre Entscheidung ohnehin nicht rückgängig machen wollte? Sie verabredeten, sich am späten Nachmittag in einem Café zu treffen. Sie fuhr schnell bei ihrem Appartement vorbei, um Kleider für die nächsten paar Tage mitzunehmen. Sie wollte noch eine Weile mit Arthur bei Claire bleiben. Angesichts des Chaos in ihrer Wohnung musste Anouk an ihren Vater denken: Was Ordnung betrifft, bin ich dir überhaupt nicht ähnlich ... Ihr Vater war völlig überraschend gestorben, hatte aber seine Wohnung tipptopp hinterlassen. Ein unerwarteter Besuch hätte ihn ebenso wenig überrascht, wie es der Tod letztlich getan hatte. Er war immer auf das Schlimmste vorbereitet gewesen und hatte Anouk sogar darüber informiert, dass er für den Fall der Fälle eine Sterbeversicherung abgeschlossen hatte.

Anouk lehnte sich an den Türrahmen des Badezimmers und betrachtete den Haufen schmutziger Wäsche, der aus dem Weidenkorb herausquoll. Im Stillen sagte sie zu sich, dass sie auf keinen Fall am heutigen Tag sterben durfte und auch nicht am morgigen, jedenfalls nicht, bevor sie die Wohnung aufgeräumt, die Wasserhähne im Badezimmer poliert, Staub gesaugt und die Schubladen in Ordnung gebracht hatte. All die Papiere, die herumlagen ... Sicher waren Briefe darunter, die nur sie etwas angingen, Liebeserklärungen, peinliche Gedichte von Männern, die sich ungeschickte Reime auf ihren Körper gemacht hatten. Sie hatte die Männer nicht geliebt, höchstwahrscheinlich hatte sie all das längst weggeworfen, aber sicherheitshalber musste sie noch mal nachsehen. Und diese blöden Geschenke von Leuten, zu denen sie schon lange keinen Kontakt mehr hatte, geschmacklose Dinge, die sie beim Auspacken erröten ließen, während sie jedoch so tat, als fände sie das lustig, um nicht verklemmt zu wirken. Sie hatte alles irgendwo verstaut, aber wo? Irgendjemand könnte das Zeug finden und glauben, sie habe es gekauft. Apropos abartige Geschenke: Wo war der Kalender mit den halb nackten Männern, den sie zum 30. Geburtstag bekommen und den sie nicht entsorgt hatte, weil er zu groß für ihren kleinen Abfalleimer war? Er musste unter oder hinter einem Möbelstück sein, an die Mauer gezwängt. Ich muss das wegschmeißen, bevor ich sterbe, dachte sie. Ich muss Claire einen Schlüssel geben, damit sie vor allen anderen in meine Wohnung kann und auf die Schnelle alles vernichtet, was meinen Ruf posthum ruinieren könnte. So wie ein Mörder heimlich an den Tatort zurückkehrt, um alle Spuren zu verwischen, bevor die Polizei eintrifft. Am besten fackelt sie die ganze Wohnung einfach ab. Sie müsste nur Benzin auf mein schönes Sofa schütten und dann ein brennendes Streichholz darauf werfen. Anouk stellte sich Claire vor, wie diese mit einem Streichholz zwischen zwei Benzinkanistern stand und zögerte, weil das schöne Sofa doch so teuer gewesen war.

Sie schloss die Tür, weil es der schnellste Weg war, um sich vor dem Durcheinander in Sicherheit zu bringen, und hörte die Nachrichten auf ihrem Anrufbeantworter ab. Es gab acht Anrufe. Daniel, ihr Chef, hatte sich gemeldet. Er sprach ihr sein Beileid aus. Sie musste an ihren Kollegen denken, den Sesselfurzer, der die Nachricht im Büro bestimmt mit geheucheltem Mitgefühl verbreitet hatte. Ihre Tante und entfernte Verwandte hatten ebenfalls angerufen. Alle versuchten, ihr unter diesen tragischen Umständen Trost zu spenden. Der letzte Anruf war von Mickaël:

»Grüß dich, Süße! Ich bin's, Mickaël. Sag mal, wo bist du? Seit drei Tagen will ich dich abends daheim erreichen, und du hebst nie ab. Also hast du einen Typen aufgerissen und verbringst deine Abende in seinen Armen, oder bist du tot? Rufst du mich zurück? Kochen wir uns was Schönes?«

Das war typisch. Mickaël war der König der Fettnäpfchen, und normalerweise amüsierten sich alle über seine Missgeschicke, aber diesmal entlockte er Anouk nur ein trauriges Lächeln. Offensichtlich war er überhaupt nicht auf dem Laufenden. »Später, Mickaël, später«, murmelte sie ihrem Freund zu.

Die schlaflose letzte Nacht machte sich auf einmal bemerkbar. Sie legte sich auf die Couch und schlief sofort ein.

18

Zwei Stunden später wachte Anouk auf. Es blieb kaum noch Zeit, um in der Wohnung ihres Vaters vorbeizuschauen. Sie ließ ihre Kleider einfach auf den Fußboden fallen, nahm eine Dusche und zog sich frische Klamotten an. Diesmal entschied sie sich für eine schwarze Hose und einen hellblauen Pullover mit V-Ausschnitt. Er lag eng am Körper an.

Auf den ersten Blick wirkte der Treffpunkt dank seiner fröhlichen Einrichtung angenehm und einladend. Aber bei genauerem Hinsehen war nicht mehr klar, ob dieser Ort nicht vielmehr einer Gaststätte oder einer Bar aus einer anderen Zeit glich. Es gab große Holztische, die sich den Platz mit runden Tischchen teilten, eine hohe Decke, die dank der großzügigen Leuchter an die Belle Époque erinnerte, und eine erhöhte Bar mit einem riesigen Spiegel, der leicht nach vorne geneigt hing. Leider erweckte die Bedienung, die sich mit den Ellbogen auf die Theke stützte, in keinster Weise den Eindruck, als sei sie dem letzten Bild von Manet entsprungen. Sie kaute mit blasierter Miene auf einem Kaugummi herum. Offenkundig interessierten sie die Wünsche ihrer Kunden nicht besonders. Als sei die Gleichgültigkeit ansteckend, waren die Gäste damit beschäftigt, stumm ihre Teller zu leeren, statt sich miteinander zu unterhalten. Yvan Barthes saß an einem Tisch an der Wand. Eine Lampe aus Milchglas in Form einer Blume beleuchtete die Seiten der Illustrierten, in der er gerade las.

»Guten Tag.«

»Guten Tag, oder besser: Guten Abend«, antwortete er betont höflich. Ein Lächeln huschte über sein Gesicht. Ohne zu überlegen, erwiderte es Anouk. Er bemerkte es. Der Frosch auch. Es gefiel ihm, wie verrückt herumzuhüpfen, und dabei benutzte er Anouks Zwerchfell als Trampolin. Offensichtlich hatte Barthes eine magische Wirkung.

»Kennen Sie dieses Lokal?«, fragte er.

»Nein, nur von außen. Ich bin noch nie reingegangen. Die vielen Lichter draußen … Aber es ist auf nette Art seltsam hier.«

»Sie haben eine lustige Art, Ihre Umgebung zu beschreiben.«

»Finden Sie?«

»Ja, aber das ist auf seltsame Art nett. Adjektive kann man umstellen, nicht wahr?«

Anouk musste zum zweiten Mal lächeln.

»Wenn wir uns hier schon zum Aperitif verabredet haben, wäre es angebracht, dass wir uns auch einen bestellen, oder?«

»Ich bin mit dem Aperitif einverstanden, auch wenn das nicht der Grund für unser Treffen ist …«

Mit funkelndem Blick schaute Yvan Barthes Anouk an. Sie gefiel ihm immer besser. Ihre Schlagfertigkeit und ihre blauen Augen, die spöttisch zwischen zwei blonden Haarsträhnen hervorblitzten, forderten ihn heraus. Man konnte Pingpong mit ihr spielen.

Anouk bestellte einen Martini und Yvan einen Whisky.

»Eigentlich wollte ich Sie sprechen, weil ich eine Entscheidung getroffen habe. Sie werden sich freuen, dass wir einer Meinung sind. Ich habe Jean vorgeschlagen, die Firma mit mir zusammen zu leiten.«

»Gut«, sagte er. »Das war richtig.«

»Ich muss mich bei Ihnen entschuldigen. Wir hatten ausgemacht, dass wir übernächste Woche darüber reden. Mir ist bewusst, dass ich Sie übergangen habe. Ich hoffe, Sie nehmen mir das nicht übel.«

»Nein, überhaupt nicht. Es ist ja Ihre Firma. Sie haben natürlich das Recht dazu.«

»Das ist noch nicht alles. Ich habe ihm die Hälfte der Anteile angeboten, mit einem exklusiven Rückkaufsrecht für mich.«

Er zog ein Gesicht und hob dabei die Augenbrauen.

»Das wiederum war nicht nötig, aber es ist auch in Ordnung. Es spricht für Sie ... Sie belohnen seine Leistung ...«

»Die Leistung und die lebenslange Freundschaft. Jean und mein Vater waren sich sehr nahe.«

»Ja, ich weiß. Aber trotzdem würde nicht jeder so etwas tun.«

»Das sind Kleingeister. Ich bemühe mich, nicht so zu sein.«

Er musste über die Antwort schmunzeln, aber offensichtlich gefiel ihm, was er gerade gehört hatte.

Eine Frau brachte die Getränke, dazu getrocknete Früchte in einem Schälchen sowie grüne Oliven, die fast so groß wie Taubeneier waren.

»Möchten Sie, dass ich Ihnen am Anfang helfe? Sie müssen etliche Formalitäten mit Ihrem Notar und mit Ihrer Bank erledigen. Die Handelskammer muss außerdem Ihre Registerdaten ändern.«

»Nein, das ist nicht nötig. Jean wird sich um all das kümmern. Danke für das Angebot. Wenn ich etwas brauche, werde ich mich bei Ihnen melden.«

Yvan Barthes lehnte sich auf seinem Stuhl zurück.

»Aber abgesehen davon, wie geht es Ihnen überhaupt?«, fragte er.

»Es ist mir schon besser gegangen, den Umständen entsprechend, würde ich sagen. Morgen fange ich wieder mit der Arbeit an. Der Bürostress wird mich auf andere Gedanken bringen.«

»Wissen Sie, man vergisst den Tod eines nahestehenden Menschen nicht so einfach, aber die Zeit heilt doch ein wenig die Wunden.«

»Wenn mein Vater 80 gewesen wäre oder schwer krank, dann wäre ich vorbereitet gewesen, aber sein Tod kam so überraschend. Er ist praktisch vor meinen Augen gestorben. Wir wollten an dem Abend zusammen essen. Eine Viertelstunde vor seinem Unfall haben wir noch miteinander gesprochen. Morgen ist die Beerdigung schon eine Woche her, aber mir kommt es so vor, als sei es gestern gewesen.«

Barthes knabberte an einer Olive, während er Anouk zuhörte.

»Darf ich Ihnen eine komische Frage stellen?«, wollte sie vorsichtig wissen.

»Ja, nur zu.«

»Glauben Sie an ein Leben nach dem Tod?«

»Nein. Ich glaube an das Leben vor dem Tod. Was danach kommt, beschäftigt viele Menschen so sehr, dass sie fast zu leben vergessen.«

Er spuckte den Olivenkern diskret in seine Hand, nahm einen Schluck Whisky und fuhr fort.

»Und warum sollte es danach etwas geben, wenn es vorher nichts gab? Ich erinnere mich nicht an ein Leben vor meiner Geburt. Daraus muss ich doch schließen, dass es ohne Materie kein Leben gibt. Ich musste erst geboren werden und einen Körper haben, damit ich ein Bewusstsein von meiner eigenen Person entwickeln konnte.«

»Sie glauben also nicht an das ewige Leben?«

»Nein, aber ich muss zugeben, dass man immer wieder irritierende Dinge erfährt. Vor nicht allzu langer Zeit habe ich beim Rasieren im Radio einen Anästhesisten über ein unerklärliches Phänomen sprechen hören: Nahtoderfahrung. Es ging um Personen, die schon klinisch tot waren und dann wieder aufgewacht sind. Sie erzählten alle die gleiche Geschichte: vom Verlassen des Körpers, von einem milden und faszinierenden Licht, von einem Gefühl der Leichtigkeit. In ihren Berichten war weder von Leiden noch von Schmerz die Rede. Ich hatte den Eindruck, eine Science-Fiction-Story zu hören mit besseren Lebewesen als Protagonisten. Ich hätte gerne geglaubt, was der Arzt erzählte. Ein Anästhesist ist ja kein Dummkopf. Er machte den Eindruck, dass er wusste, wovon er sprach, und es war ihm auch klar, dass er damit seinen guten Ruf aufs Spiel setzte. Es gab keinen Grund, ihm nicht zu glauben ...«

»Aber trotzdem glauben Sie ihm nicht hundertprozentig. Sie sind noch immer skeptisch, oder?«

Es war klar: Heute Abend würde er keine von diesen trockenen Früchten essen. Das hatte er gerade beschlossen. Einfach viel zu süß! Yvan Barthes nahm lieber eine dritte Olive und schleuderte sie in seinem Mund umher, bevor er antwortete.

»Nein, nicht skeptisch. Unsicher. Ich dachte, ich hätte eine feste Meinung über derartige Sachen: Nach dem Tod ist nichts. Aber diese Geschichten haben mich zweifeln lassen. Der Anästhesist berichtete auch von Personen, die nach Operationen ihren Körper im Operationssaal verlassen haben. Sie schwebten über dem Ärzteteam und konnten sich selbst auf dem OP-Tisch liegen sehen. Es war, als ob sie sich von sich selbst gelöst hätten. Und noch ein erstaunliches und unerklärliches Phänomen: Nach einem chirurgischen Eingriff hat ein Patient die lange Seriennummer, die unter dem OP-Tisch eingraviert war, aufgesagt. Dabei konnte er zu keinem Zeitpunkt unter den Tisch schauen. Andere erzählten Einzelheiten von ihrer Operation, aber auch von Operationen, die gleichzeitig in anderen Sälen stattgefunden hatten. Es muss also ihre ›Seele‹, oder wie immer man das nennen mag, gewesen sein, die sich umgesehen hat. Keinesfalls waren es medikamentöse Nebenwirkungen. Selbst auf dem besten Trip wird es Ihnen niemals gelingen, durch Wände zu gehen, um nachzuschauen, was auf der anderen Seite passiert. Angeblich ist man dabei, zu erforschen, wie so etwas überhaupt möglich ist.«

Er hatte es geschafft, beim Reden die Olive zu essen, und dank eines Taschenspielertricks war der Olivenkern, weiß der Teufel wie, in dem weißen Aschenbecher gelandet. Eine andere Farbe wäre ihm lieber gewesen. Olivenkerne hatten so etwas Ordinäres. Wie ausgespuckte Essensreste. Auf einem weißen Untergrund fiel das besonders auf.

»Also, was schließen Sie daraus?«, fragte Anouk.

»Nichts. Außer dass wir vieles noch nicht wissen. Aber ein unerklärliches Phänomen sollte uns nicht zu einem anderen verleiten, das noch weniger zu beweisen ist. Ich will damit sagen, dass wir nicht blind an ein Leben nach dem Tod glauben müssen, weil wir keine Erklärung für das Verlassen des Körpers haben. Und sogar angenommen, dass es wirklich so etwas wie Seelenwanderung gibt: Was ergäbe das für einen Sinn, wenn sie keinerlei Ahnung von ihrer vorherigen Existenz mehr hätte? Oder sollen wir glauben, dass wir nur deshalb ohne Erinnerung zur Welt kommen, weil mit diesem Leben alles erst beginnt? Wenn wir nur wüssten! Sie sehen, wir drehen uns im Kreis ...«

»Ja, aber trotzdem muss ich mir immer wieder diese Fragen stellen. Sie quälen mich nur noch mehr, seitdem ich meinen Vater verloren habe. Es würde mich so sehr trösten, wenn ich wüsste, dass er irgendwo weiterlebt. Wenn ich das kleinste Zeichen bekäme, würde ich das sofort glauben.«

»Was für ein Zeichen?«

Anouk musterte Yvan Barthes. Ahnte er etwas?

»Ich weiß nicht. Irgendeine Botschaft ...«

»Der Tod macht Ihnen Angst?«

»Ja. Ihnen nicht?«

»Ja und nein. Vielleicht habe ich keine Angst, weil ich praktisch nie daran denke. Ich lebe in vollen Zügen, als wäre ich unsterblich. Genau betrachtet, ist das wahrscheinlich besser so. Aber gleichzeitig begreife ich nicht, wie wir es immer wieder schaffen, zu vergessen, dass wir ganz sicher sterben werden. Wir sind Weltmeister im Verdrängen. Das geht sogar so weit, dass wir alle schon einmal Mitleid mit einem zum Tode Verurteilten empfunden haben – als ob wir mehr Glück hätten! Es ist sogar noch schlimmer, da wir uns keine Hoffnung auf Begnadigung machen können. Außerdem müssen wir ohne Grund sterben, während er zumindest weiß, warum er stirbt. Aber wir? Das ist ungerecht und entmutigend, finden Sie nicht? Sehen Sie, Verdrängen ist deshalb nicht die schlechteste Lösung. Wenn man zu viel daran denkt, führt das leicht dazu, dass man sich über sein sterbliches Schicksal beklagt ... Außer man ist gläubig ...«

»Wieso denn?«

»Na ja, wenn man an etwas glaubt, glaubt man an die Gerechtigkeit nach dem Tod, an die göttliche Barmherzigkeit, die den Aufrechten für ihre guten Taten zusteht. Das ist die Belohnung für vorbildliches Benehmen. Wir müssen alle sterben, aber der Verurteilte wird zur Strafe in der Hölle schmoren, während Sie und ich, wenn alles gut geht, ins Paradies dürfen«, schloss er mit einem Lächeln.

Anouk verzog das Gesicht.

»Na ja, ›wenn alles gut geht‹, so würde ich es nicht unbedingt formulieren ...«

Das große Whiskyglas in der Hand, hob er wieder an: »Und Sie? Was macht Ihnen so große Angst am Tod?«

»Alles. Ich finde ihn bedrohlich. Er jagt mir eine Heidenangst ein. Ich habe Angst vor dem, was mit mir geschehen wird. Ich habe Angst vor dem Nichts, vor der Kälte der Nacht, vor der stinkenden Verwesung meines Körpers, der sich nach allen Seiten auflösen wird wie ein zu lange gekochter Fisch. Ich habe Angst davor, von einem Grabstein erdrückt und vergessen zu werden. Außer den paar Leuten, die Sie geliebt haben, wird sich niemand an Sie erinnern. Und selbst diejenigen, die Sie geliebt haben, sterben eines Tages und werden nicht mehr da sein und an Sie denken. Aber wissen Sie, wovor ich mich am meisten fürchte?«

»Nein.«

»Ich habe Angst vor dem Undenkbaren: Sogar ich selbst werde mich vergessen! Ich werde nicht mehr an mich denken. Mir wird mein Leben, mein Namen oder mein Gesicht nicht mehr bewusst sein. Ich werde meine Stimme nicht mehr hören, ich werde mich nicht mehr lebendig fühlen. Ich werde nicht mehr nachdenken. Ich werde nicht einmal wissen, dass ich tot bin. Noch schlimmer, ich werde nicht einmal wissen, dass ich einmal gelebt habe. Wie ist das möglich?«

Stille breitete sich aus. Yvan Barthes hielt noch immer sein Glas in der Hand. Er nutzte die Gelegenheit, um seine Kehle zu befeuchten.

»Darf ich Sie mit dem Vornamen anreden?«, fragte er, während er ein Oliven-Spießchen in der Hand hielt.

»Ja.«

»Anouk, Sie sind heute aber gar nicht lustig... Machen Sie allen Männern, die Sie zum Aperitif einladen, solche Angst? Wenn Sie so weitermachen mit Ihren Schauergeschichten, dann werde ich heute Nacht bei meiner Mama schlafen und sie bitten, das Licht auf dem Flur anzulassen ...«

Anouk musste plötzlich lachen. Ihr Gesicht war wie verzaubert, und ihr Lächeln machte sie noch schöner. Yvan Barthes hätte dieses entzückende Bild gerne festgehalten, um es später immer wieder vor seinem geistigen Auge erscheinen zu lassen.

»Kommen Sie, ich lade Sie zum Essen ein.«

»Wird sich Madame Barthes keine Sorgen machen, wenn Sie nicht nach Hause kommen?«, wollte Anouk leicht spöttisch wissen.

»Nein, meine Frau macht sich seit Langem keine Sorgen mehr. Wir leben in Scheidung.«

»Das tut mir leid. Aber eigentlich meinte ich Ihre Mutter – wegen des Lichts im Flur!«

»Ach so. Madame Barthes, meine Mutter, macht sich wirklich immer Sorgen um mich. Aber gerade eben wäre sie entzückt, zu erfahren, dass ich eine junge Dame zum Essen einlade, selbst mit dem Risiko, dass ich heute Nacht Albträume haben werde.«

Er verschlang die letzte Olive.

»Gehen wir?«

Sie beobachtete ihn, während er die Rechnung bezahlte. Die Ausführungen über sein gescheitertes Eheleben waren bei ihr, nebenbei bemerkt, nicht auf taube Ohren gestoßen. Zweifellos kam es beiden nicht ungelegen, dass Missverständnisse schon im Vorfeld aus dem Weg geräumt waren. Alles war offen.

19

Schon seit einer Stunde bearbeitete Anouk ihre elektronische Post, aber trotz ihres schnellen Zugriffs und ihres methodischen Vorgehens bei den Antworten zeigte der Bildschirm noch 70 E-Mails an. Sie würde heute nicht mehr alles schaffen, sondern sich auf die Power-Point-Präsentation konzentrieren, die sie zusammen mit ihrem Kollegen vorbereiten musste. Sie sollten ihrem Vorgesetzten und dem Firmeninhaber die Ergebnisse einer Marktstudie präsentieren, die die Nachfrage bei Kindern nach Spielzeugwaffen thematisierte. Genauer gesagt, ging es um die Frage, ob traditionelle Gewehre aus Holz überhaupt noch eine Zukunft hatten. Ein Rätsel gaben bestimmte angelsächsische Länder auf, besonders aber Deutschland. Die Mütter hatten eine Vorliebe für Holzspielzeug in guter Qualität, schreckten jedoch davor zurück, Gewehre zu kaufen. Offensichtlich war das die Folge des kollektiven Nachdenkens über die deutsche Vergangenheit. Deutsche Kinder sollen nie mehr töten. Nicht einmal in ihrer Fantasie.

Anouk arbeitete an der Präsentation, als der Gurkenkönig auftauchte.

»Guten Morgen, tut mir leid mit deinem Vater.«

Anouk hob die Augen, antwortete aber nicht. Sie nickte zum Dank mit dem Kopf.

Die Gurke fuhr fort.

»Wie weit bist du mit der Präsentation gekommen?«

»Es geht voran. Jetzt bleibt nur noch die Feinarbeit. Ich war schon vorletzte Woche fast damit fertig. Und du? Bist du mit dem Benchmarking durch?«

»Ja, ich habe es praktisch abgeschlossen«, wich er der Frage aus. »Könntest du mir deine Präsentation heute schicken? Ich habe noch die Version von vor zwei Wochen.«

»Ja, kein Problem. Schickst du mir auch deine?«

»Ja, ja«, antwortete er und versuchte, dieses Mal überzeugender zu klingen.

Anouk war völlig in die Marktstudie vertieft, als ihr Magen vor Hunger knurrte. Es war 15 Uhr. Sie hatte nicht zu Mittag gegessen. Die Cafeteria hatte den ganzen Nachmittag offen und sicher noch Sandwiches oder Kuchen im Angebot. Sie rief eine Kollegin an.

Die Pause dauerte exakt eine halbe Stunde. Nicht eine Minute länger. Aber Anouk kehrte mit vollem Bauch zurück. Die kurze Erfrischungspause hatte sie aufgemuntert. Sie hatten kaum über den Tod ihres Vaters gesprochen. Hélène hatte begriffen, dass sie nicht in der offenen Wunde bohren durfte. Sie war eine ideale Kollegin: Sie lachte über dieselben Dummheiten, und vor allem hasste sie dieselben Kollegen – unabdingbare Voraussetzungen für eine dauerhafte Komplizenschaft. Anouk hatte irgendwo gelesen, dass es mehr miteinander verbindet, gemeinsam über Dritte zu lästern, als Lobreden zu halten. Ermutigt von der Idee, dass man sich gut fühlt, wenn man schlecht über andere redet, hatte Hélène lachend gerufen: »Also, dann! Kommen wir uns näher!« Sie mochte weder Doppelmoral noch affektierte Unterhaltungen. Das Herz lag ihr auf der Zunge. Schlussendlich bekamen die Fiesen nur, was sie verdienten. Sie sollten sich eben besser benehmen.

Kurz, die beiden waren auf der gleichen Wellenlänge.

Anouk fuhr ihren Computer wieder hoch.

»Liebe Anouk, ich bin sehr froh, dass ich Sie heute Nachmittag mit Ihrer Freundin in der Cafeteria gesehen habe.

Waren Sie in Urlaub? Sie haben mir Ihren hübschen Anblick über eine Woche lang vorenthalten. Sie waren großartig heute. Diese neue Faltenhose steht Ihnen wunderbar. Ich freue mich auf ein Wiedersehen. Ihr treuer Verehrer.«

Wie üblich antwortete Anouk nicht. Seit mehr als einem Jahr bekam sie schon diese anonymen E-Mails. Nur beim ersten Mal hatte sie mit einer einzigen Frage reagiert: »Wer sind Sie?« Der Absender hatte es nicht gewagt, seine Identität zu lüften. Seither duldete sie diese romanhaften Botschaften einfach, wenn sie auch nichts darauf erwiderte. Vielleicht, weil sie sich geschmeichelt fühlte. Von Zeit zu Zeit hatte ihr der harmlose Bewunderer immerhin wichtige Dinge verraten. An diesem Tag war sie erleichtert zu erfahren, dass die neue Hose ihren Preis wert gewesen war.

Anouk las noch einmal über ihre Präsentation. »Perfekt. Daran ändere ich nichts mehr.« Gerade als sie das Dokument an ihren Kollegen schicken wollte, hielt sie irgendetwas zurück. Sein Name im Empfänger-Feld hatte genügt, um ihr inneres Warnsystem auf Alarmstufe Rot zu stellen. Sie zögerte und dachte eine Weile nach. Wie hatte ihr Vater noch gesagt? »Mit Ehrlichkeit kommt man bei solchen Typen nicht weiter.«

Sie öffnete den Ordner mit ihrer Präsentation noch einmal, löschte ein paar wichtige Daten und schrieb ihren Namen und Vornamen in Großbuchstaben mit dem Datum auf die erste Seite und in die Fußzeile aller folgenden. Sie speicherte das Dokument im PDF-Format. So war es für den Gurkenkönig unmöglich, etwas zu übertragen oder für seine eigenen Zwecke weiterzuverwerten. Mochte er auch noch so schäumen, sie hatte ihr Versprechen jedenfalls erfüllt und ihm ihre letzte Version übermittelt. Er würde ohnehin nicht so schnell bemerken, dass einige Seiten fehlten. Außerdem war er verschwunden, ohne ihr seine Arbeit zum Benchmarking zu schicken. Sicher hatte er das absichtlich vergessen, so wie Anouk schon des Öfteren bemerkt hatte. Das war seine Masche. Er brachte sie in eine schwächere Position, indem er ihr Informationen vorenthielt.

Anouk schrieb noch zwei Sätze, hängte die Präsentations-PDF an und klickte auf »Senden«.

Es war Viertel nach sieben, als sie ihr Büro verließ.

20

Sie fühlte sich noch verletzlich und musste sich zusammennehmen. Das war nicht der Moment, ihre guten Gewohnheiten fallen zu lassen. Im Gegenteil, man musste an ihnen festhalten, sie pflegen, um sich damit gegen die Abwärtsspirale zu stemmen. Es war Dienstag, ihr Jogging-Tag. Deshalb verließ Anouk das Büro früher als sonst und fuhr zu ihrer Wohnung, um ihre Sportsachen anzuziehen. Es war nicht leicht gewesen, Claire zum gemeinsamen Laufen zu überreden. Anouk hatte den Fehler begangen, ihr zu sagen, dass ihr das guttun und sicher gefallen würde. »Unsinn!«, hatte Claire geantwortet. »Selbst die Pferde, die mit ihren vier Haxen dafür geschaffen sind, laufen nicht gerne. Man muss sie mit der Reitpeitsche dazu antreiben, ohne Grund loszulaufen. Auch die Menschen rennen nicht zum Vergnügen, sondern aus Pflichtgefühl. Genuss ist etwas Verbotenes, das man trotzdem macht. Es ist eine zarte Versuchung, der man trotz besseren Wissens nachgibt, wie zum Beispiel einen Käse mit 60 Prozent Fettgehalt zu essen. Wenn all die Läufer eines schönen Tages feststellen würden, dass Jogging dasselbe bewirkt wie ein guter Camembert aus Rohmilch, der Kilos an den Hüften und Cellulitis an den Schenkeln zur Folge hat, würden sie sofort aufhören mit dem Laufen, weil Laufen an sich kein Genuss ist.«

»Zugegeben, doch wenn du schon nicht zum Vergnügen laufen willst, dann lauf wenigstens aus Pflichtbewusstsein. Für deinen schönen Hintern! Das schuldest du ihm!«

Anouk hatte ins Schwarze getroffen. Claire könnte für ihren Allerwertesten auch mal was tun.

Im Stadtpark machten sie zuerst ein paar Aufwärmübungen am Weiher. Schwäne und Enten lieferten sich einen Wettstreit, wer den Kopf länger unter Wasser halten konnte. Die Schwäne mit ihrem vornehmen Getue legten Wert darauf, ihre langen Hälse elegant ins Wasser zu tauchen. Die Enten machten sich nichts aus derartigen Manieren, waren dafür aber viel wagemutiger. Sie schwammen einfach drauflos und tauchten ohne Umschweife mit ihrem ganzen Körper nach unten. Allein wegen dieses Wagemuts hätten sie den Sieg verdient.

Als sie ihre Muskeln etwas gelockert hatten, liefen Anouk und Claire in gemächlichem Tempo los.

»Wie ich ausschaue mit dieser alten Sporthose und dem alten Sweatshirt!«, jammerte Claire und strich mit den Händen über ihre verwaschenen Klamotten.

»Du siehst gut aus. Außerdem sind wir ja nicht zum Aufreißen hier.«

»Ach so, habe ich fast geahnt!«

Eine Gruppe junger Typen überholte sie. Sie folgten einem etwa 40-jährigen Mann, der die Laufgeschwindigkeit vorgab. Vermutlich der Trainer einer Fußballmannschaft. Die beiden Frauen packte plötzlich der Ehrgeiz. Sie erhöhten die Geschwindigkeit, um der Gruppe auf den Fersen zu bleiben, doch schon nach 100 Metern wurden sie wie auf eine geheime Absprache hin wieder langsamer. Die Jungs waren einfach zu schnell für sie. Während der Abstand größer wurde, sagten sie sich, dass ihre Ehre gerettet war, weil die Burschen bestimmt zehn Jahre jünger waren. Vermutlich sogar mehr! Stoßweise fing Claire zu sprechen an.

»Und? Hat dein Kollege etwas gesagt?«

»Über die Präsentation, die ich ihm gestern Abend geschickt habe?«

»Ja.«

»Nein, er hat nichts gesagt. Im Gegenteil: Er ist verschwunden, ohne mir seine Unterlagen zu senden. Das hat er wie immer mit Absicht gemacht.«

Einmal in Fahrt, legte Anouk einen Schritt zu, sie wollte die ganze Runde laufen. Claire wollte lieber anhalten. 20 Minuten Jogging genügten ihr bei Weitem. Sie drehte ihren Kopf zum Himmel und öffnete dabei den Mund wie ein Fisch, den man gerade aus dem Wasser gezogen hat. So wie sie verzweifelt nach Luft japste, glich sie einem Karpfen, der am Ersticken war. Mit hochrotem Kopf lief sie langsam weiter. Sie war ziemlich stolz, dass sie ihren persönlichen Rekord von einer Viertelstunde übertroffen hatte. Die letzten Strahlen der Sonne spielten auf dem sich kräuselnden Wasser, über das eine angenehme Brise strich. Unbeirrt setzten die Schwäne und Enten ihren Tauchwettbewerb fort. Einen Moment lang bewunderte sie die Vorstellung und dachte, es wäre lehrreich, die beiden Tierarten zu bewerten. Sie beschloss, den Schiedsrichter zu spielen, und begann jedes Mal, wenn ein Schwimmvogel seinen Kopf ins Wasser tauchte, die Sekunden zu zählen.

Eine halbe Stunde später saß sie immer noch da und beobachtete das lustige Schauspiel.

»Du hast dich hoffentlich nicht gelangweilt?« Anouk kam angelaufen. Sie schwitzte und hatte rote Backen.

»Psst, ich zähle die Sekunden!«

Neugierig geworden, verstummte Anouk und wandte den Blick in dieselbe Richtung wie Claire.

»Stell dir vor! Jetzt sind es schon 18 Sekunden, dass der Schwan seinen Kopf unter Wasser hält. Der bricht alle Rekorde!«

»Du misst die Zeit der Schwäne und Enten?«, fragte Anouk amüsiert.

»Ja. Ich bin dabei, außergewöhnliche Tiere zu entdecken«, sagte Claire in einem belehrenden Ton.

»Enten sind außergewöhnliche Tiere?«, wiederholte Anouk.

»Ja.«

»Du kommst also nächste Woche wieder mit?«

»Vielleicht«, antwortete Claire mit einem leichten Seufzer.

»Mach mir mal Platz!«

Anouk setzte sich neben Claire, legte einen Arm um sie und suchte sich eine Ente aus.

»Das ist meine Ente, und sie wird gewinnen. Wetten, dass ...?«

»Das würde mich wundern. Ich habe sie schon bei der Arbeit gesehen. Eine echte Angsthasenente!«

Jedes Mal, wenn ihr Favorit untertauchte, zählte Anouk die Sekunden und freute sich. Die Tauchpartie wurde mit einem Mal abrupt unterbrochen, als sich eine alte Dame mit einer Plastiktüte voll trockenem Brot dem Wasser näherte. Die Schwäne und Enten wandten sich wie ferngesteuerte Automaten der ausgestreckten Hand zu.

»Kommst du? Ich habe auch Hunger«, sagte Claire.

Gedankenverloren blieb Anouk sitzen.

»Kommst du mit?«, wiederholte Claire, die bereits aufgestanden war.

Anouk erhob sich und nahm ihre Freundin beim Arm.

21

»Guten Tag, Madame Duval!«

»Guten Tag, Mademoiselle Deschamps!«

»Ist Jean da?«

»Ja, er erwartet Sie in seinem Büro.«

Die Buchhalterin, die müde von der Arbeit war und zu viel geraucht hatte, räusperte sich.

»Ich wollte Ihnen sagen, dass wir alle sehr traurig über den Tod Ihres Vaters sind. Er war ein guter Chef.«

»Danke, Madame Duval. Mein Vater hat Sie sehr geschätzt, wissen Sie. Sie waren ja von Anfang an dabei.«

Anouk atmete tief durch, und als sie bemerkte, dass die alte Buchhalterin von ihren Gefühlen überwältigt wurde, wandte sie sich zur Treppe.

»Bis gleich.«

»Nehmen Sie nicht den Aufzug?«

»Nein, die Treppe ist eine gute Übung für die Beine!«

»Aber das haben Sie doch gar nicht nötig«, wandte Madame Duval ein. Im Gegensatz zu mir, dachte sie dabei.

Das Büro von Jean Martinée befand sich im obersten Stockwerk, dem von Anouks Vater genau gegenüber. Man hatte dort einen guten Blick über die ganze Stadt. Die Türen standen weit offen, und Jeans tiefe Stimme war über das ganze Stockwerk zu hören. Er machte Anouk ein Zeichen und bat sie, sich zu setzen, während er sein Telefongespräch zu Ende führte. Wenig später legte er den Hörer auf und erhob sich, um Anouk zu begrüßen.

»Hallo, Anouk.«

Lächelnd schauten sie sich an. Er war froh, sie hier zu sehen.

»Gibt's Probleme?«, fragte die junge Frau beunruhigt.

»Ja. Mehrere Kunden, darunter auch neue, haben uns Ware zurückgesendet. Wir haben Fabrikationsfehler. Bei den Dreirädern blättert die Farbe ab. Das ist ärgerlich, besonders bei den neuen Kunden. Nicht gesagt, dass sie uns treu bleiben.«

»Hast du eine Ahnung, woher das kommen kann?«

»Da gibt es gar nicht so viele Möglichkeiten. Die Fahrgestelle sind mit Einbrennfarbe lackiert. Kann sein, dass der Ofen nicht heiß genug ist, es kann aber auch sein, dass die Farbe eine schlechte Qualität hat. Ich glaube nicht, dass es an unserem Ofen liegt. Louis und ich haben in eine neue Lackierstraße investiert. Alles ist neu. Nein, ich glaube, es liegt an der Farbe. Wir haben den Lieferanten gewechselt, und ich befürchte, dass wir jetzt den günstigen Preis mit einem Qualitätsverlust bezahlen. Wir müssen das genau und vor allem schnell untersuchen.«

Jean unterbrach an dieser Stelle, irritiert von Anouks Gesichtsausdruck.

»Entschuldigung, langweile ich dich mit meinen Geschichten?«

»Nein, ganz und gar nicht, im Gegenteil. Ich bin ganz Ohr. Du nennst die Probleme beim Namen, das gefällt mir. Um genau zu sein, habe ich zurzeit ein Faible fürs Konkrete. Konzepte kann ich langsam nicht mehr sehen, weißt du. Ich habe jetzt Lust, mir die Hände schmutzig zu machen.«

»Ach, das kannst du hier garantiert. Ich kann dir versichern, dass du oft Gelegenheit bekommen wirst, die Ärmel hochzukrempeln. An Überraschungen besteht hier kein Mangel«, sagte Jean und hob dabei die Augenbrauen.

Er stand auf und ging zu einem großen Metallschrank, öffnete die Flügeltüren und zog einen Ordner aus 20 anderen heraus, die genauso aussahen.

»Anouk, hier habe ich die letzten Kataloge und die komplette Kundenliste. Du kannst sie behalten, solange du willst. Bevor wir irgendwas anfangen, musst du unsere Produkte kennenlernen.«

»Ich werde ein Auge darauf werfen, aber abgesehen vom neuen Sortiment kenne ich die meisten Produkte und den Großteil der Kunden. Ich habe euch ja nicht umsonst jahrelang auf Messen begleitet.«

»Ja, das stimmt. Von mir aus betrachtest du das als Gute-Nacht-Lektüre ...«

Er übergab ihr die Unterlagen, wandte sich wieder seinem Schreibtisch zu und holte aus einer der Schubladen eine Mappe.

»Das sind die Urkunden und die anderen notwendigen Dokumente, die im Hinblick auf unsere gemeinsame Geschäftsführung geändert wurden. Es fehlt nur noch deine Unterschrift. Lass dir Zeit, Anouk. Überstürze nichts, falls du noch irgendwelche Bedenken haben solltest.«

»Ich habe mir alles in Ruhe überlegt. Außerdem hat mir Yvan Barthes geraten, genau das zu tun.«

»Apropos Yvan ... Ich weiß nicht, was er dir geraten hat, aber eines weiß ich sicher: Er benimmt sich sehr merkwürdig, wenn er von dir spricht ...«

Anouk spürte, dass ihr Gesicht feuerrot anlief.

»Ach, wirklich?«, fragte sie in einem übertrieben gleichgültigen Ton.

»Ja«, sagte Jean mit amüsierter Miene. Anouks glühende Wangen waren ihm nicht verborgen geblieben. »Darf ich dich zum Essen einladen?«

»Nein, danke. Das ist nett, aber ich fahre lieber nach Hause. Ich habe einen anstrengenden Tag hinter mir und muss morgen früh aufstehen.«

»Hast du eigentlich schon bei deinem Arbeitgeber gekündigt?«

»Nein, noch nicht. Ich warte das Monatsende ab.«

Anouk redete noch eine Weile mit Jean. Bevor sie das Gebäude verließ, schaute sie bei Madame Duval vorbei. Es war schon 19 Uhr, doch die Buchhalterin der ersten Stunde war immer noch anwesend. Mithilfe eines Taschenrechners überprüfte sie Zahlen auf einigen Papieren, die sie aufmerksam las.

»Immer noch da, Madame Duval?«

»Jemand muss sich schließlich um den Papierkram kümmern«, sagte sie und deutete mit der Hand auf den Stapel, der sich vor ihr auftürmte.

»Haben Sie zufällig die letzte Handyrechnung meines Vaters zur Hand?«

»Ich habe sie gerade heute Morgen bekommen. Die Abrechnung stammt vom 15. des Monats.« Sie entnahm die Rechnung einem Aktenordner.

»Hier, bitte!«

»Danke! Bleiben Sie nicht so lang, Sie können den Rest morgen erledigen.«

Die 60-Jährige nickte vage eine Geste, die kaum vermuten ließ, dass sie das Büro in den nächsten Minuten verlassen würde.

Sobald sie im Auto saß, studierte Anouk aufs Genaueste alle abgerechneten Telefonverbindungen bis zum 15. April. Die vom 11. April, dem Tag, an dem ihr Vater sie im Auto angerufen hatte, stand schwarz auf weiß da.

22

Es schien, als habe er schon immer hier gewohnt, so wie er sich häuslich eingerichtet hatte. Arthur hatte schließlich das Sofa in Beschlag genommen. Schlecht erzogen, wie er war, bevorzugte er ganz besonders die Seite an der Heizung. Oft lag er zusammengerollt an der äußersten rechten Sofaecke. Auch an diesem Abend. Das Klavier von Dave Brubeck, das von einem fröhlichen Saxofon begleitet wurde, schien seinen Schlaf nicht im Geringsten zu stören. Die zwei Frauen räumten den Küchentisch fertig ab und kamen ins Wohnzimmer. Anouk setzte sich vorsichtig auf die Couch neben den friedlichen Kater.

»Stell dir mal vor: Wenn ich ein Skythe wäre, hätte ich Arthur totschlagen und neben meinem Vater begraben müssen«, sagte sie, während sie die Katze betrachtete, der das alles egal war. »Und um die alten Sitten zu bewahren, hätte man auch gleich die Putzfrau mit beerdigen müssen, damit sie meinem Vater in der anderen Welt weiterhin zur Hand geht.«

»Wie bitte?«, wunderte sich Claire. »Zum Glück bist du *was* nicht?«

»Skythe. Die Skythen waren ein Nomadenvolk vor unserer Zeit. Sie lebten irgendwo im Westen Asiens. Bei Ausgrabungen hat man Pferdeknochen neben den Skeletten der Stammeshäuptlinge gefunden. Bei einem einzigen Toten lagen Dutzende von Tieren! Sie wurden mit Zaumzeug bestattet, als könnten sie im Jenseits ausgeritten werden. Die Mehrzahl der Skythen bewegte sich mit Pferden fort, deswegen beerdigte man sie mit ihren Reittieren und ihren Waffen. Aber es kommt noch schlimmer: Die großen Chefs hatten das Privileg, diese Welt nicht alleine zu verlassen; man schlug ihre Diener reihenweise zu Tode oder erdrosselte sie.«

»Was du nicht alles weißt!«, staunte Claire, während Anouk fortfuhr: »Auch die amerikanischen Indianer wurden mit ihren Pferden bestattet. Die Riten schrieben vor, dass sie alle Gegenstände mitzunehmen hatten, die sie besaßen. Und dann gibt's ja noch die Ägypter! Die Ägypter betrieben einen extremen Totenkult! Die kolossalen Pyramiden, in denen die Pharaonen ruhten. Sie wurden für die große Reise sorgfältig geschmückt. Man stellte ihnen hübsche Gefäße aus Alabaster hin, gefüllt mit Speisen. Ich frage mich, ob wir nicht die erste menschliche Zivilisation sind, die ihre Toten ohne Beigaben beerdigt. Wahrscheinlich hätten es die alten Kulturvölker ganz normal gefunden, ein Handy in den Sarg eines nahestehenden Menschen zu legen. Eigentlich habe ich nichts anderes getan als das, was die ganze Menschheit während Tausenden von Jahren praktiziert hat. Was mich wundert, ist, dass heutzutage selbst die Gläubigen, die angeblich an ein Leben nach dem Tod glauben, ihre Verwandten einfach so begraben, als hätten sie gar nichts mehr nötig. Selbst die glauben also nicht wirklich daran ...«

Claire hatte sich auf dem Teppichboden niedergesetzt. Sie hielt einen Stift und ein Blatt Papier in der Hand. Sie wusste nicht, was sie dazu sagen sollte, außer dass sie ganz froh war, nicht zur Zeit der Skythen gelebt zu haben. Das fehlte gerade noch! Dass man Arthur opferte! Ganz zu schweigen von der Putzfrau! Die Ärmste! Wenn jemand sich glücklich schätzen durfte, im 21. Jahrhundert zu leben, dann sie!

»Anouk, kannst du nicht mal das Thema wechseln? Du machst mir Angst, wenn du so redest. Also: Was kaufen wir für Samstagabend ein?«

Anouks Körper straffte sich, als hätte man sie gerade aus einem Traum gerissen.

»Keine Ahnung. Du hast doch mit Catherine gesprochen. Was hat sie genau gesagt?«

»Dass sie ihren Geburtstag im kleinen Kreis feiern will, aber dass wir jemanden mitbringen könnten, wenn wir wollen. Das wäre eine gute Gelegenheit für dich, uns deinen Schwarm zu präsentieren ...«

»Dürfte ich wissen, wovon du sprichst?«, fragte Anouk und hob im gleichen Zug Kinn und Augenbrauen.

»Na, von Yvan Dingsbums. Deinem Unternehmensberater, oder was auch immer.«

»Erstens heißt er nicht Dingsbums, sondern Barthes, und zweitens sehe ich überhaupt keinen Grund, ihn zu Catherine mitzunehmen.«

»Du bist immerhin zweimal in kurzer Zeit mit ihm essen gegangen. Das muss man doch mal festhalten.«

»Na und? Das heißt doch gar nichts. Außerdem bin ich mir sicher, dass er die Sorte Mann ist, die jeden Abend mit einer anderen Frau am Arm ausgeht. Je weiter ich mich von diesem Aufreißer fernhalte, desto besser. Wir haben die geschäftliche Nachfolge meines Vaters geregelt, also haben wir keinerlei Grund, uns bald wiederzusehen, und das ist auch gut so.«

»Ein Aufreißer? Wer sagt denn so was? Hmm ... Du bist ja schon auf andere Frauen eifersüchtig und läufst davon. Du gerätst in Panik. Das dachte ich mir schon.«

»Also machen wir jetzt eine Einkaufsliste?«, wechselte Anouk das Thema.

»Na gut ... Catherine möchte, dass wir uns um die Vorspeisen kümmern.«

Die beiden schrieben die nötigen Zutaten auf und verabredeten sich für den nächsten Tag nach der Arbeit im Supermarkt. Arthur hatte sich während der ganzen Zeit keinen Millimeter von seinem Platz auf dem Sofa wegbewegt.

23

Für die Jahreszeit war das Wetter herrlich, aber der blaue Himmel täuschte zuweilen. Der April machte seinem Namen alle Ehre: Er führte mit seinen Launen an der Nase herum. Hagelschauer überraschten mit schöner Regelmäßigkeit die Fußgänger, die sich ohne Regenschirm auf die Straße gewagt hatten. Auch Anouk und Hélène waren nicht schlauer als die anderen und ließen sich von dem wechselhaften Wetter überrumpeln. Sie rannten tollpatschig durch den Regen, während sie zum Schutz ihre Handtaschen über den Kopf hielten. Wie jeden Freitag verbrachten sie ihre Mittagspause in dem kleinen Restaurant, das nur fünf Minuten von ihrem Arbeitsplatz entfernt lag. Es war eine einfache Gaststätte in Büronähe, was das wichtigste Auswahlkriterium gewesen war. Jede Woche reservierte ihnen die Wirtin automatisch den kleinen Tisch neben dem Fenster. Sie war ziemlich mollig, was darauf schließen ließ, dass sie das Essen, das sie servierte, auch selbst sehr gern mochte. Aber nicht nur ihre Rundungen wirkten vertrauenerweckend, sie war auch ansonsten sehr darum bemüht, dass ihre Gäste wiederkamen. Sie gab ihnen das Gefühl, dass man sie wiedererkannte – und das gefiel ihnen. Und wenn sie auch noch mit dem Vornamen angesprochen wurden, waren sie ganz entzückt. Sie genossen es, dass man sie so beachtete.

Im Winter stellte die Wirtin zur Dekoration eine Kerze auf jeden Tisch. Da es nun aber Frühling war, kamen die beiden Frauen in den Genuss von Maiglöckchen. Die kräftigen Farben weckten ihre Neugier. Anouk konnte der Versuchung nicht widerstehen, die Maiglöckchen anzufassen, um zu prüfen, ob sie aus Plastik waren. Der Stängel brach unter dem

Druck ihres Fingers, was alle Zweifel an der Echtheit der Blume zerstreute. Da die Chefin gerade in ein Gespräch mit ein paar Gästen vertieft war, nahm die Bedienung ihre Bestellung entgegen.

»Nimmst du nur das?«, wunderte sich Anouk.

»Unsere kleine Kaffee-und-Kuchen-Pause am Nachmittag ist für mich fatal, weißt du ... Mein Mann hat mir gesagt, dass ich aufpassen muss.«

»Aber du siehst doch gut aus.«

»Ja, das sagt er auch, und er will nicht, dass sich das ändert. Jacques achtet sehr auf seine Figur, er würde es nicht verstehen, wenn ich mich gehen lasse. Das Problem mit Ehemännern ist, dass sie wie kleine Kinder sind. Wenn ihnen etwas nicht passt, nehmen sie kein Blatt vor den Mund. Sie sagen einem sofort, was ihnen durch den Kopf geht, ohne groß nachzudenken. Wenn du zu dick bist, sagen sie dir, dass du zu dick bist. Das Schlimmste ist, dass du sie dann nicht einfach wie Kinder mit einem Klaps auf den Hintern zum Spielen in ihr Zimmer schicken kannst, damit sie dich in Ruhe lassen.«

»Ehemänner sind anstrengend«, bemerkte Anouk schmunzelnd.

Die Bedienung tischte die Speisen auf.

»Schade, dass du den Bruder von Jacques nicht kennenlernen willst. Ich bin sicher, dass ihr gut zusammenpassen würdet. Außerdem wären wir dann Schwägerinnen. Wär doch lustig, oder?«

»Hélène, fang nicht wieder damit an! Außerdem, wenn er wie Jacques ist und mir verbietet, Kuchen zu essen, wäre das ja schon mal ein guter Start ... Weißt du, dass eine alte Freundin von mir total sauer war, weil ich mich nicht für ihren Bruder interessiert habe? Sie hat eine richtige Staatsaffäre daraus gemacht. Zumindest habe ich bis jetzt niemanden verletzt, was deinen Schwager angeht. Gut, man könnte immer noch sagen, dass ich die Chance meines Lebens verpasst habe. Aber das ist mir egal.«

»Ach ja, Entschuldigung, ich hatte vergessen, dass du dich mit allen Mitteln dagegen wehrst, glücklich zu sein ...«

»Hélène ...«

Hélène wollte noch etwas einwenden, aber sie hielt sich zurück. Nach einer Weile fuhr sie fort.

»Schläfst du immer noch bei Claire?«

»Ja. Ich bleibe noch eine Woche bei ihr.«

»Wärst du jetzt nicht lieber allein?«

»Nein, im Gegenteil, ohne Claire wäre alles noch schlimmer. Ich würde nur über den Tod meines Vaters grübeln.«

Anouk machte eine Pause. Plötzlich hatte die lockere Unterhaltung eine ernste Wendung genommen. Ihre Gedanken bereiteten ihr Angst. Um ihre Unsicherheit zu überspielen, faltete sie ihre Serviette auseinander, legte sie sich auf den Schoß, nahm die Flasche, schenkte sich Wasser ein und bot auch Hélène etwas an. Wenn sie sich nicht davor gefürchtet hätte, alles wieder aufzuwühlen, hätte sie erzählt, was ihr auf einmal bewusst geworden war: Sie war von nun an ganz auf sich allein gestellt. Und diese Erkenntnis machte sie noch einsamer. Sie schämte sich fast dafür, dass sie sich wie eine Waise fühlte, ein Begriff, der ungerechterweise nur Kindern vorbehalten war. Aber sie konnte nichts dagegen tun, sie empfand es eben so.

Sie hätte Hélène, die sie mit großen Augen anstarrte, gerne gesagt, dass sie sich gar nicht erwachsen fühlte, ja, dass der tägliche Überlebenskampf sie überforderte. Sie hätte ihr gerne gesagt, dass sie Claire an ihrer Seite brauchte. Deren Energie hielt sie über Wasser und verhinderte, dass sie in Selbstmitleid versank. Sie musste auf andere Gedanken kommen. Alles kam ihr als Ablenkung recht: die Arbeit, das Autoradio am Morgen, das Jogging, die idiotischen ebenso wie die intelligenten Unterhaltungen, ganz egal. Und die Liebe, wenn es eine Liebe geben würde. Aber sie hatte keinen Geliebten zur Hand, und auch die Schwäger ihrer Freundinnen würden sie nicht im Handumdrehen verführen. Jetzt sofort hatte sie Ablenkung nötig, nicht erst in sechs Monaten. Deswegen brauchte sie Claire. Denn bei Claire handelte es sich auch um Liebe. Nicht so wie mit einem Mann, aber doch auch um eine Art von Liebe. Das hätte sie gerne sagen wollen, aber das war zu lang und zu schwierig zu erklären. Stattdessen antwortete sie Hélène:

»Claire bringt mich auf andere Gedanken. Sie hat komische kleine Angewohnheiten, die ich bisher nicht an ihr kannte, und Macken, die mich amüsieren. Sie gibt mir nie das Gefühl, zu stören.«

»Bei uns hättest du auch nicht gestört. Es wäre vielleicht andersrum gewesen.«

Hélène sprach von ihren wilden Kindern und dem Chaos, das im Haus herrschte. Anouk hörte nicht mehr zu. Sie dachte an den gestrigen Tag, als sie mit Claire die Einkaufsliste für Catherines Geburtstag durchgegangen war. Es war wie früher in der Schulzeit gewesen, als sie Listen für Silvesterpartys oder irgendwelche anderen Feiern aufstellten. Damals waren nicht die Zutaten das größte Problem, sondern die Liste der Gäste, genauer gesagt, die der coolen, gut aussehenden, männlichen Gäste. Wie alle Gymnasiastinnen besaßen auch sie die Fähigkeit, sich in Jungen zu verlieben, die sie gar nicht kannten. Entscheidend war allein das gute Aussehen. Heute wusste Anouk, dass sie damals nicht verliebt gewesen war. Zu jener Zeit aber wollte sie dran glauben und an der Schwärmerei von Claire teilhaben. Der amüsante Zeitvertreib wurde zu einer Mutprobe, als es darum ging, den ersten Kontakt herzustellen. Das konnte Anouk besser als Claire, die bei jeder Emotion die Kontrolle über sich verlor. Die große Kunst bestand darin, die auserwählten Schulkameraden auf dem Hof in der Pause anzusprechen, um sie mit einem möglichst gleichgültigen Ton einzuladen. Diese kühne Vorgehensweise schien normal zu sein, da die meisten Jungen erstaunlicherweise mit einem ebenfalls betont gleichgültigen Ja oder manchmal sogar nur mit einem kurzen Kopfnicken antworteten. Nur die weniger gut aussehenden freuten sich richtig und zeigten es auch offen. Nichtsahnend, dass sie nur deshalb eingeladen wurden, weil sie die Kumpel der schönen Typen waren oder weil man sie lustig fand und sie für gute Stimmung sorgten. Aber der Beste von allen war kein Schüler, sondern der Französischlehrer. Vor allem Claire schwärmte für ihn. Sie schwärmte immer für irgendjemanden. Er war cool, er rauchte auf dem Schulhof mit den Abiturienten. Er sprach nicht nur von Literatur, sondern auch von Godard, Truffaut, von der Nouvelle Vague. Mit ihm entdeckten sie auf einmal, dass es eine neue Welle gab, dabei hatten sie nicht einmal eine Ahnung von der alten.

Das Leben hatte sie dann für ein paar Jahre getrennt. Nach dem Abitur ging Anouk zum Studium nach Paris. Claire hatte in Rouen studiert und zog dann für ein Jahr nach London. Dort verliebte sie sich in einen Franzosen, der in der Gastronomie arbeitete. Aus dem einen Jahr wurden drei. Sie verließ ihn, kehrte nach Frankreich zurück. Wegen dieser Liaison hatten ihre Fortschritte in der englischen Sprache schnell stagniert, stattdessen lernte sie einiges über die französische Küche. Anouk sah Claire damals nicht mehr, hatte aber den Kontakt zu ihr nie abgebrochen. Als sie beide an die normannische Küste zurückkamen, funktionierte es wieder. Es war wie früher – mit dem Unterschied, dass sie ein paar Jahre älter waren. Die Bedienung unterbrach Anouks Gedanken. Hélène hatte nicht aufgehört zu sprechen.

»Jedes Wochenende ist es immer ein Kampf, bis sie ihre Hausaufgaben machen. Bei Claire ist es ruhiger, das sehe ich ein.« Sie hielt inne und trank einen Schluck aus ihrem Glas. Dann hob sie wieder an: »Aber man könnte fast eifersüchtig auf diese Freundschaft werden ...«

Anouk lächelte berührt. Sie mochte Hélène.

»Ja, vielleicht, aber du doch nicht! Wenn ich nicht zu Claire gegangen wäre, dann zu dir oder Catherine.«

Anouks Worte klingelten wie Glöckchen in den Ohren von Hélène, deren Augen wieder funkelten. Sie grinste und nahm sich eine große Portion Salat.

24

Er stieg aus seinem Auto und betrat genau um 13.30 Uhr die Kantine. Mit einem Blick überflog er die Tische. Es war Freitag, und sie war nicht da. In Gedanken versunken nahm er den Aufzug in den vierten Stock und ging durch den dunklen Flur zu seinem Büro. Er nahm vor seinem Computer Platz und gab sein Passwort ein. Dann ging er ins Internet und öffnete mithilfe eines zweiten Passworts sein elektronisches Postfach. »Ich hasse Freitage ...«

25

»Ich hasse Freitage. Sie sind dann nie in der Kantine, und ich muss noch zwei lange Tage darauf warten, Sie wiederzusehen. Ich halte es kaum bis Montag aus. Ihr treuer Verehrer.«

Anouk schmunzelte und löschte die Mail. Sie schaute ihre letzten Nachrichten an. Immer noch nichts von ihrem Kollegen. Ein rotes Licht am Telefon machte sie darauf aufmerksam, dass jemand versucht hatte, sie zu erreichen. Es war ihr Handelsvertreter in England. Sie rief ihn an und regelte die Angelegenheit in perfektem Englisch. Sein Kunde würde die Warenpalette zum vereinbarten Zeitpunkt mit der gewünschten Verpackung erhalten. Nach ein paar weiteren Anrufen nahm sich Anouk den Katalog für die kommende Saison vor. Er musste unbedingt rechtzeitig zur Messe im September fertig sein. Um drei Uhr hatte sie einen Termin mit der Werbeagentur, um den ersten Entwurf zu besprechen.

Anouk werkelte bis 14.45 Uhr. Es blieb noch eine Viertelstunde bis zu dem Treffen, gerade noch Zeit genug, um beim Kollegen Gurke vorbeizuschauen.

»Sag mal, du hast mir immer noch nichts geschickt, und unsere Präsentation ist am Montag. Es soll doch nicht so aussehen, als hätten wir uns vorher nicht abgesprochen.«

»Ach, hab ich dir das nicht gesagt?«, fragte er, indem er seinen Kopf hob, wahrscheinlich zum ersten Mal an diesem Tag.

»Was?«

»Das Meeting ist auf Montag in einer Woche verschoben worden.«

»Nein, das hast du mir nicht gesagt. Und wann hat man beschlossen, den Termin zu verlegen?«, fragte nun Anouk sichtlich irritiert.

»Am Mittwoch. Hab ich doch tatsächlich vergessen, dich zu informieren ...«, sagte er scheinbar beiläufig, um dieser wesentlichen Information den Anschein einer nebensächlichen Neuigkeit zu geben.

Anouk kochte innerlich vor Wut.

»Das ändert nichts. Schick mir deine Präsentation. Ich möchte wissen, was du vorstellst.«

Als Anouk um 18 Uhr ihr Büro verließ, hatte sie immer noch nichts bekommen.

26

Wie jeden Freitag war der Supermarkt voll erschöpfter Kunden, die ihre Wochenendeinkäufe erledigten. Sie störten sich gegenseitig, da sie nicht mehr die Kraft hatten, sich aus dem Weg zu gehen.

Mütter schoben schwere Einkaufswagen vor sich her, gefolgt von Horden von Kindern, die sie vom Kindergarten oder von der Schule abgeholt hatten. Die kleinen Strolche forderten, mit den Füßen aufstampfend, ihr Recht. Das ging von Nutella bis zu Chips, nicht zu vergessen die Limonaden mit dem Aroma von Früchten, deren Existenz in der wahren Natur gänzlich unbekannt war. Claire war gerade dabei, sich einen Weg in die Gemüseabteilung zu bahnen, als Anouk auftauchte und sich für ihr Zuspätkommen entschuldigte.

»Regnet es, oder kommst du aus dem Waschsalon?«, fragte Claire, als sie Anouks total durchgeweichten Regenmantel bemerkte.

»Ich bin voll in einen Wolkenbruch gekommen, der immer noch nicht aufgehört hat. Das Wetter hat umgeschlagen, draußen ist der reinste Weltuntergang.«

»Das trifft sich gut, denn ich glaube nicht, dass wir dieses Schlachtfeld so bald verlassen können. Es ist wahnsinnig voll hier.«

Um Zeit zu sparen, teilten sie die Einkaufsliste auf und trennten sich. Anouk übernahm das Kommando des Einkaufskampfwagens. Vorsichtig lenkte sie ihn ein paar Meter bis zu den Tomaten. Mit einer Hand hielt sie die Rolle mit Plastiktüten fest und riss mit einem Ruck einen leeren Beutel ab. Ganz sachte tastete sie die Tomaten ab und legte die glücklich auserwählten Stück für Stück in die Tüte. Sie ging zur Waage und kam zurück, um ein paar Stangen Sellerie auszusuchen. Sorgfältig prüfte sie gerade das grüne Gemüse, als der vertraute Klingelton ihres Handys ertönte. Anouk wühlte in ihrer Handtasche und zog das Telefon heraus.

»Ja, hallo«, sagte sie, mit dem Sellerie in der Hand.

»*Geh raus! Geh sofort raus aus dem Supermarkt! Es wird gleich alles zusammenstürzen!*«

Ihr Herz fing an, wie wild zu klopfen. Sie hatte die seltsame Stimme erkannt. Mit einer jähen Bewegung warf sie den Sellerie in den Wagen und griff an ihre linke Brust, wie um den Frosch zu beruhigen, der schon wieder am Durchdrehen war. Es gelang ihr, sich so weit zusammenzunehmen, dass sie die Sprache wiederfand.

»Hören Sie, ich weiß nicht, wer Sie sind und warum Sie Ihre makabren Scherze mit mir treiben, aber ich falle darauf nicht mehr herein. Verstanden?! Mein Vater ist tot. Lassen Sie mich in Ruhe!«

Kaum hatte sie den Satz beendet, versagte ihre Stimme.

»*Beruhige dich, Anouk ... Vertrau mir, ich bin dein Vater ... Verlass den Supermarkt, ohne eine Sekunde zu verlieren ... Es geht um Leben und Tod!*«

»Sie müssen mir erst beweisen, dass Sie mein Vater sind!«

»*Wie?*«

»Wie nannte er mich, als ich klein war?«

»*Nanouk.*«

Zu einfach! Sie musste daran denken, wie mit speziellen Fragen zur Person die Identität für den Zugang zu E-Mails überprüft werden kann.

»Wie heißt mein Lieblingsfilm?«

»*Ich weiß es nicht.*«

»Sag ich doch! Sie sind nicht mein Vater!«, erwiderte sie beinahe triumphierend.

Sie war entschlossen, ein für alle Mal mit dieser Geschichte Schluss zu machen und den letzten Zweifel auszuschließen. Sie stellte nur noch eine Frage.

»Wie lautete der Vorname meiner Großmutter mütterlicherseits?«

»*Armande.*«

Richtig. Wie konnte er das wissen? Verwundert runzelte Anouk die Stirn. Die Stimme fuhr langsam fort.

»*Als kleines Mädchen fandest du Puppen blöd. Du hattest Tiere lieber, außer Fische, die dich langweilten. Vor allem die von deinem Cousin.*«

Sofort musste sie an den Nachmittag denken, an dem sie zwei Goldfische ihres Cousins im Toaster gegrillt hatte. Mit klopfendem Herzen hörte sie zu.

»*Du hast einen kleinen Schönheitsfleck innen am linken Arm, den wir ›Insel des Glücks‹ nannten. Das war unsere Fantasieinsel, auf die wir uns zurückziehen konnten. Du hast dich an mich geschmiegt und mir zugehört. Ich nahm dich auf Ausflüge quer durch die Insel mit und erzählte dir von den Pflanzen und Tieren, denen wir unterwegs begegnet sind. Du hast mir immer wieder dieselben Fragen gestellt, damit ich nicht aufhörte, zu erzählen.*«

Anouk antwortete nicht. Diese tiefe Stimme hatte Geheimnisse berührt, die fest in ihre Erinnerungen an eine glückliche Kindheit eingegraben waren. Niemand sonst kannte die Geschichte von der Fantasieinsel. Sie spürte die Anwesenheit ihres Vaters am anderen Ende der Leitung und holte langsam Luft.

Stille trat ein. Ein Strudel von Gefühlen zog sie zu ihm hin. Er war da, nah bei ihr.

»*Du weißt jetzt, dass ich es bin, oder?*«

»Ja.«

»*Dann geh jetzt los*«, sagte die Stimme sanft, aber bestimmt.

Sie legte auf.

»Alles in Ordnung, Madame? Kann ich Ihnen helfen?« Eine Kundin um die 60 hatte sie beobachtet und schien beunruhigt über den Zustand der jungen Frau zu sein.

»Ja, ja. Es geht schon, danke«, antwortete Anouk mit geröteten, feuchten Augen.

Halbwegs beruhigt lächelte die Dame freundlich und hakte aus Rücksicht nicht nach. Sie hatte begriffen, dass sie nicht viel tun konnte, und ging weiter.

Ohne einen Moment zu verlieren, lief Anouk los, um Claire zu suchen. Nirgendwo war sie zu finden. Sie griff nach ihrem Handy, wählte die Nummer ihrer Freundin, landete aber auf deren Mailbox.

»Meine Güte! Wo bist du, Claire? Wenn du diese Nachricht hörst, verlass auf der Stelle den Laden! Hörst du?! Lass alles stehen und renn zum Ausgang! Ich kann dir nicht erklären, warum, aber es wird hier gleich alles zusammenbrechen.«

Anouk beendete die Verbindung und lief zum Ausgang. Auf dem Weg rempelte sie mehrere Personen an, entschuldigte sich jedes Mal, ohne dabei ihren Schritt zu verlangsamen. Sie ging zur Information, wo eine Angestellte auf einem Podest saß. Vor sich hatte sie ein Mikrofon stehen.

»Entschuldigung, Madame. Sie müssen den Supermarkt umgehend räumen lassen. Er kann jeden Moment einstürzen.«

»Was wollen Sie?«, fragte die Angestellte von oben herab und starrte Anouk durch ihre Brille verwirrt an.

»Schaffen Sie die Leute aus dem Laden. Es geht um Leben und Tod!«

»Hören Sie, gute Frau, ich kann das nicht ohne dringenden Grund machen. Hier sieht doch alles normal aus. Ich begreife nicht, warum Sie das von mir verlangen.«

Man hörte einen gewaltigen Hagelschauer auf das Supermarktdach prasseln. Jedes einzelne Eisstückchen hämmerte mit seinem ganzen Gewicht auf die Dachbleche. Neue Kunden stürmten herein und suchten in der Eingangshalle Schutz vor dem Wolkenbruch. Der Lärmpegel stieg. Die Angestellte wandte den Blick zur Decke. Das Blech musste einem gewaltigen Angriff standhalten, als käme ein Regen aus Bleikugeln herunter. Mütter betraten mit weinenden Kindern an der Hand den Laden. Hagelkörner so groß wie Tischtennisbälle fielen vom Himmel.

Die Angestellte bekam es mit der Angst zu tun. Sie schaute Anouk an.

»Hören Sie, ich weiß nicht, ob es stimmt, was Sie sagen, aber man kann sowieso niemanden nach draußen zwingen. Sehen Sie nicht das Unwetter?«

»Nicht nach draußen, aber im Parkhaus wären die Leute auch in Sicherheit. Um Gottes willen, lassen Sie den Supermarkt räumen! Das Dach wird unter dem Gewicht des Hagels zusammenbrechen und die Windböen nicht aushalten.«

»Sind Sie Architektin, dass Sie so etwas voraussehen können? Ich bin jedenfalls nicht berechtigt, so eine Entscheidung zu treffen. Bleiben Sie hier. Ich werde den Geschäftsführer holen.«

Kaum hatte die Angestellte ihren Posten verlassen, stürzte sich Anouk auf das Mikrofon.

Claire war bei der Fischtheke angelangt. Mit einer Nummer in der Hand wartete sie geduldig, bis sie an die Reihe kam, als eine vertraute Stimme aus den Lautsprechern drang. Es war Anouk, die sich mit dem Tonfall einer Stewardess zu Wort meldete.

»Liebe Kunden, wir bitten um Ihre Aufmerksamkeit. Aus Sicherheitsgründen müssen wir Sie bitten, sich umgehend in Richtung Ausgang zu bewegen. Gehen Sie zum Parkhaus. Es handelt sich um einen Bombenalarm. Ich wiederhole: Wegen eines Bombenalarms bitten wir Sie, sich zum Ausgang zu bewegen.«

Die Stimme machte eine Pause und fuhr dann fort.

»Die kleine Claire möchte bitte zu ihrer Mutter kommen! Ich wiederhole: Die kleine Claire wird von ihrer Mutter an der Information erwar... Aua!«

Die Durchsage wurde abrupt unterbrochen. Claire zögerte. Was war das jetzt schon wieder für ein Einfall? Blitzschnell überlegte sie, wie sie darauf reagieren sollte. Sollte sie über Anouks Einfall lachen oder die Durchsage ernst nehmen? Sie war unsicher. Um sie herum regten sich Leute auf, während andere in aller Ruhe ihren Einkauf fortsetzten. Einige fingen an zu laufen. Um ganz sicher zu gehen, machte sich Claire schnellen Schrittes zum Ausgang auf, um Anouk zu treffen. In wenigen Augenblicken erreichte sie den Informationsschalter. Dort sah sie ihre Freundin, von Sicherheitsbeamten umringt.

»Was ist passiert, Anouk?«

»Ich kann's dir nicht erklären, aber ich bin mir sicher. Das Dach wird einstürzen! Alle müssen raus! Tu was! Keiner will mir glauben. Sie wollen mich einsperren.«

Claire kannte ihre Freundin, die sie mit einem flehentlichen Blick ansah, sie sagte die Wahrheit.

Ohne zu zögern, stürzte sie zu den Kassen und sprach auf ihrem Weg alle Leute an, forderte sie auf, sich sofort im Parkhaus in Sicherheit zu bringen. Die Gruppendynamik setzte ein. Die Kunden ließen ihre Wagen stehen und gingen zum Ausgang. Mütter folgten vorsichtshalber ihrem Instinkt. Sie nahmen ihre Kinder an der Hand und erklärten ihnen ruhig, dass sie später zurückkommen würden.

Zehn Minuten vergingen. Fast alle Kunden versammelten sich außerhalb der Gefahrenzone im Parkhaus. Draußen bedeckte eine dicke weiße Hagelschicht den Asphalt wie ein Teppich aus Styroporkügelchen. Der Himmel hatte sich verausgabt. Die Ruhe nach dem Sturm kündigte sich an. Während die Erwachsenen sich um die Karosserien der Autos, die im Freien standen, sorgten, waren die Kinder von den Riesenhagelkörnern umso begeisterter.

»Und jetzt? Wo ist sie, diese Bombe?«, rief ein Mann mit erhobenen Armen.

»Es war ein Fehlalarm. Mir langt's, zu warten! Ich habe noch was anderes zu tun. Ich gehe wieder rein«, warf eine Frau ungeduldig ein.

Eine weitere wollte nach Hause und ein anderes Mal wiederkommen. Sie nahm ihr Kind auf die Arme. Anouk verließ den Supermarkt, begleitet von zwei Männern in schwarzer Uniform und dem Geschäftsführer. Von Weitem hörte man eine Sirene. Kurz danach fuhr die Feuerwehr herbei, gefolgt von einem Polizeiauto. Claire erkannte den Polizisten Dufresne, der sich vor einer Woche auf der Polizeiwache um sie gekümmert hatte.

»Guten Tag, was ist passiert?«

»Diese Dame hielt es für angebracht, Panik zu verbreiten. Sie ließ den Supermarkt räumen, indem sie einen Bombenalarm vortäuschte.«

»Der Bombenalarm war nur ein notwendiger Vorwand, um die Leute möglichst schnell zu evakuieren. In Wahrheit hatte ich Angst, dass das ganze Gebäude einstürzen würde.«

Anouk senkte den Kopf. Sie musste den Tatsachen ins Auge sehen: Die Dachkonstruktion hatte gehalten. Alles war in Ordnung. Sie aber wirkte wie eine Verrückte und schämte sich.

»Ich glaube, wir kennen uns, oder?«, sagte der Polizeichef.

Anouk nickte.

»Ich muss Sie leider mitnehmen.«

Er hatte seinen Satz kaum fertig gesprochen, als ein metallisches Geräusch die Stille zerriss. Mit ohrenbetäubendem Lärm stürzte eine gewaltige Betonmasse zu Boden. Ganze Wände kippten einfach um. Eine riesige Staubwolke verdunkelte den Himmel. Als sie sich langsam auflöste, sah man, dass das Blechdach komplett eingestürzt und der neue Teil des Supermarkts ein einziger Trümmerhaufen war. Nur der Altbau stand noch da.

27

Der Polizist kam mit zwei Tassen Kaffee zurück. Er hatte einen Haufen Papiere auf die rechte Seite des Schreibtisches geschoben, um die beiden heißen Becher abstellen zu können. Einer war für Anouk. Dufresne holte ein Formular aus der Schublade.

»Ich brauche Ihre Personalien. Name, Vorname usw. Haben Sie einen Ausweis dabei?«

Anouk reichte ihm ihren Führerschein.

»Ich habe nur das.«

»Passt schon.«

Der Polizeibeamte trug die Daten in sein Formular ein.

»Woher wussten Sie das?«, fragte er.

»Was?«

»Wie konnten Sie wissen, dass der neue Teil des Supermarkts einstürzen würde?«

Anouk zuckte mit den Schultern.

»Keine Ahnung. Eine Intuition. Und vor allem Angst, die mich gepackt hat, als ich den Hagel gehört habe.«

»Entschuldigen Sie, dass ich nachhake, aber ich muss noch mehr Details von Ihnen wissen. Wir brauchen einen genauen Bericht wegen der Versicherung. Haben Sie etwas Ungewöhnliches bemerkt? Wie zum Beispiel Risse an der Decke?«

»Nein ... Oder ja, vielleicht ... Ich habe seltsame Knackgeräusche gehört, die sich mit den Windböen vermischt haben. Genau kann ich es Ihnen nicht sagen.«

»Jedenfalls hatten Sie die richtige Vorahnung. Sie haben es gewagt, einen Supermarkt räumen zu lassen. Das muss man erst mal schaffen! Dank Ihnen sind Hunderte von

Menschen noch am Leben. Und Sie haben keine genauere Erklärung für mich?«

»Nein, wirklich nicht. Und außerdem müssen Sie verstehen, dass ich selbst noch unter Schock stehe. Vielleicht fallen mir in den nächsten Tagen noch mehr Details ein.«

Anouk tat so, als bedauere sie es, dass sie nicht mehr erklären konnte.

»Ja, ich verstehe.«

Der Polizist machte eine Pause, bevor er fortfuhr.

»Eine Frau hat uns berichtet, dass sie Sie bei der Gemüseabteilung gesehen hat. Sie hätten sehr durcheinander gewirkt. Und Sie hätten mit dem Handy telefoniert. Hatte das nicht zufällig etwas mit dem Einsturz des Supermarkts zu tun?«

Anouk zuckte zusammen.

»Ja, es stimmt, jemand hat mich angerufen. Etwas Persönliches, ich möchte darüber jetzt nicht sprechen, aber es hat garantiert nichts mit den Ereignissen zu tun.«

»Also gut. Ich wollte Ihnen nur auf die Sprünge helfen, für den Fall, dass Sie wegen der Aufregung Erinnerungslücken haben sollten.«

Dufresne machte sich ein paar Notizen und spielte dann mit seinem Stift.

»Hören Sie, Mademoiselle Deschamps, ich will Sie nicht länger aufhalten. Ihre Freundin wartet draußen. Sie waren schon so nett, gleich mit hierherzukommen. Die Gebäudeversicherung wird sowieso Gutachter beauftragen, um die Einsturzursache festzustellen.«

Anouk stand auf und gab ihm die Hand, um sich zu verabschieden.

»Auf Wiedersehen«, sagte sie.

»Auf Wiedersehen. Übrigens, sind Sie mit Ihrem Problem weitergekommen?«

»Welches Problem?«

»Na, die Exhumierung Ihrer Eltern.«

»Nein, das habe ich aufgegeben. Es hat mich zu sehr aufgewühlt.«

Der Polizeioffizier musterte sie lange, sein Blick wanderte zwischen ihren Augen und der kleinen Narbe auf der linken Wange hin und her. Diese Frau hatte etwas Unerklärliches. Aber was? Ein Geheimnis umgab sie, er spürte es.

»Auf Wiedersehen, Mademoiselle.«

Claire unterhielt sich auf dem Gang mit dem Geschäftsführer des Supermarkts. Als sie Anouk kommen sahen, erhoben sie sich von ihren Stühlen. Der Geschäftsführer stellte sich direkt vor sie hin und reichte ihr beide Hände.

»Mademoiselle Deschamps, ich muss mich bei Ihnen bedanken für das, was Sie getan haben. Ich stehe tief in Ihrer Schuld. Außerdem möchte ich mich für mein Benehmen entschuldigen. Anfangs habe ich Ihnen nicht geglaubt. Es tut mir leid.«

»Schon gut. Machen Sie sich keine Gedanken. Ich weiß nicht, wie ich an Ihrer Stelle reagiert hätte.«

Dann wandte sie sich an Claire: »Kommst du?«

»Ja, sofort.«

Anouk war überrascht, dass ihre Freundin ihr nicht gleich folgte. Der Geschäftsführer zog einen Stift aus der Tasche und kritzelte etwas auf ein Stück Papier. Claire reichte ihm die Hand mit einem Lächeln, das er mit einem tiefen Blick in ihre Augen erwiderte.

Ohne ein Wort zu verlieren, stiegen die beiden ins Auto. Ein vielsagendes Schweigen breitete sich aus. In ihren Köpfen schwirrten eine Menge Fragen. Claire unterbrach die Stille.

»Also, womit fangen wir an?«

Anouk antwortete nicht. Claire hakte nach.

»Anouk, ich möchte es jetzt wissen: Woher wusstest du, dass das Dach einstürzen würde?«

»Mein Vater hat mich gewarnt! Er hat mich angerufen. Und erzähl mir nichts von Stimmenimitatoren oder von Telekomclowns, die mir einen Streich spielen wollen«, sagte Anouk sichtlich bewegt. »Dieses Mal hat er mich eine Viertelstunde im Voraus vor einer Gefahr bewahrt. Niemand, verstehst du, niemand konnte das vorhersehen.«

Claire schwieg. Sie versuchte, die unbegreifliche Erklärung ihrer Freundin zu fassen, und bekam es selbst mit der Angst zu tun.

Anouk fuhr fort: »Ich weiß, es ist eine verrückte Geschichte. Natürlich habe ich dem Polizisten kein Wort davon erzählt. Ich kann es selber kaum glauben. Ich konnte seine Stimme am Telefon nicht gut hören. Um sicher zu sein, habe ich ihn um einen Beweis gebeten.«

»Und hast du ihn bekommen?«

»Ich glaube ja, selbst wenn es nebensächlich erscheint.« Anouk machte eine Pause, die Aufregung schnürte ihr erneut die Kehle zu.

»Er hat Details aus meiner Kindheit angedeutet. Er wusste, dass ich mit Puppen nichts anfangen konnte. Es stimmt, ich fand sie dämlich. Ich habe ihnen die Arme und Beine mit dem Brotmesser abgesägt, um zu gucken, was sich in ihrem Inneren befindet. Da es nichts zu sehen gab, habe ich meistens den Rumpf und die Plastikglieder in den Mülleimer geworfen. Eines Tages hat mich die Nachbarin dabei beobachtet, wie ich einen Puppenkopf abgerissen habe. Sie hat sich auf mich gestürzt, um dieses Massaker zu verhindern, gerade so, als hätte ich eine Katze enthaupten wollen. Sie beschwerte sich bei meinem Vater und warnte ihn vor seinen Erziehungsmethoden, die aus mir ein Monster gemacht hätten. Um mich zu rächen, sagte ich zu ihrem Sohn, dass er adoptiert worden sei, weil seine echten Eltern tot sind, und dass die Nachbarin und ihr blöder Mann alles täten, um diese Wahrheit zu verbergen. Mein Vater hat auch die Goldfische erwähnt.« Anouk musste lächeln. »Eines Nachmittags habe ich mit meinem Cousin Kochen gespielt. Nachdem wir den Tisch für unsere imaginären Gäste gedeckt hatten, kam ich auf die grandiose Idee, ein richtiges Barbecue zu veranstalten: Ich habe seine beiden Goldfische zum Grillen in den Toaster gesteckt. Ich hatte gehört, dass Fisch gut für die Gesundheit und leicht zu verdauen sei. Also eine ideale Vorspeise. Wir hatten keine Zeit, um es auszuprobieren. Auf einmal tauchte meine Tante auf und begann zu schreien, als sie verstand, wieso schwarzer Rauch aus dem Toaster kam. Wir haben beide eine Riesenohrfeige bekommen.«

Claire hielt sich die Hand vor den Mund, um nicht laut aufzulachen.

»Am Schluss hat er mir von unserer Fantasieinsel erzählt, von meinem Schönheitsfleck am Arm. Als ich klein war, habe ich mit aller Kraft versucht, ihn wegzuwischen. Ich wollte eine makellose Haut. Eines Tages hat mich mein Vater in der Badewanne überrascht, tränenüberströmt mit einem Waschlappen in der Hand. Er fragte mich, warum ich so weinte. Ich erklärte ihm meinen Kummer. Ich hatte Angst, dass ich wegen dieses kleinen braunen Flecks nicht so schön wäre wie die anderen Mädchen. Die Jungs würden mich nicht mögen. Er nahm mich in die Arme, und um mich zu trösten, erfand er die Geschichte mit der Insel, wo immer die Sonne schien. Alle Inselbewohner sahen aus wie Tarzan, weil er wusste, dass diese Abenteuergeschichte mir gefiel. Er erzählte vom

Urwald und von wilden Tieren. Es war meine Trauminsel. Papa sagte mir, ich sei schöner als die anderen Mädchen, weil ich eine Schatzinsel auf dem Arm hätte. Es wurde unser Geheimnis.«

Die zwei Freundinnen sahen sich an, ohne ein Wort zu sagen. In der Stille leuchteten für einen Augenblick die verblassenden Bilder einer glücklichen Kindheit auf.

28

Yvan Barthes bewunderte seinen muskulösen Oberkörper im Spiegel seines Badezimmers. Mit sichtlichem Vergnügen ließ er zuerst den linken und dann den rechten Brustmuskel anschwellen. Wie jeden Morgen hatte er gerade seine 20 Liegenstützen gemacht.

»Schwarzenegger ist ein Windbeutel! Er hat nichts als Luft in den Armen. Bei mir ist alles echt! Ha!« Er trommelte wie ein Gorilla auf seiner Brust.

Zufrieden mit sich selbst und seinem Bizeps griff er zum Rasierschaum und schaltete das Radio ein. Es machte ihm Spaß, die Dose im Rhythmus der Musik zu schütteln. Das war jeden Morgen der Moment, in dem er der Star, der Schwarm aller Frauen war. In seiner Fantasie war er ein Barmann, der zum Takt eines Sambalieds die Hüften schwang und Cocktails für seine ausgeflippten weiblichen Gäste mixte. Im Bruchteil einer Sekunde füllte sich sein Badezimmer mit zügellosen Frauen, die gar nicht anders konnten, als mit gierigen Händen nach seinem unwiderstehlichen Oberkörper zu greifen. Aber im Radio liefen gerade die Nachrichten. Zu dumm! Dann musste er sich eben ohne Musik rasieren. Ganz brav, wie ein Familienvater. Ohne wilde Frauen im Bad. Er verteilte den Schaum auf seinem Gesicht und kniff dabei seine Lippen zusammen. Er tätschelte seine Wangen, als eine Nachricht seine Aufmerksamkeit erregte.

»In Granville ist gestern am frühen Abend das Dach eines Supermarkts eingestürzt. Wie durch ein Wunder wurde dabei niemand verletzt. Dass eine Katastrophe verhindert werden konnte, ist einer 32-jährigen Frau zu verdanken, die zu diesem Zeitpunkt ihre Einkäufe erledigen wollte. Anouk

Deschamps wandte sich an die Geschäftsleitung des Supermarkts und ließ alle Angestellten und Kunden evakuieren. Kurz darauf trafen die Rettungskräfte ein und konnten nur noch den verheerenden Schaden feststellen. Die Stadt wurde in den vergangenen Tagen von heftigen Hagelschauern und starken Windböen heimgesucht, aber nach den jüngsten Informationen steht die Unglücksursache noch nicht abschließend fest. Es wird vermutet, dass die massiven Schneefälle des letzten Winters die Dachkonstruktion schon im Vorfeld schwer beschädigt hatten. Das Flachdach des Supermarkts war erst im Herbst errichtet worden, um die Verkaufsfläche zu vergrößern. Inoffiziellen Quellen zufolge haben Bauingenieure und Statiker schon vor einem halben Jahr die einfache Leichtbauweise bemängelt. Es folgen Meldungen aus dem Sport. Zunächst Segeln: Beim America's Cup gelang es der französischen Mannschaft ...«

Barthes schaltete das Radio mit einer schnellen Handbewegung aus. Hastig rasierte er sich Wangen, Hals und Kinn. Er beugte sich zum Wasserhahn und spülte sich das Gesicht ab. Dann nahm er das Handtuch und stützte sich mit beiden Händen auf das Waschbecken. Er runzelte die Augenbrauen. Einige Sekunden verstrichen so. Plötzlich richtete er sich auf, ging ins Schlafzimmer, zog Jeans und ein Polohemd an, schlüpfte in seine Sportschuhe, ging zum Ausgang und nahm im Vorbeigehen Jacke und Schlüssel mit. Yvan Barthes war entschlossen, Blumen für Anouk Deschamps zu kaufen. Das war zwar ganz die alte Schule, aber was war daran schon falsch? Wo stand geschrieben, dass die »neue Schule« Blumen nicht mochte? Er musste es riskieren! Diese mutige Frau verdiente einfach eine Belohnung. Nicht nur, weil sie Leben gerettet hatte, sondern vor allem auch, weil sie ihn berührt hatte. Schon seit einer Ewigkeit war Yvan Barthes das nicht mehr passiert.

29

Sie lag auf dem Sofa und bewunderte den großen Blumenstrauß auf dem Couchtisch. Zufällig hatte Yvan Barthes ihre Lieblingsblumen gewählt: Margeriten. Anouk nahm die kleine Karte, die beigefügt war, in die Hand. Beim Lesen musste sie immer wieder schmunzeln.

»Ich weiß, dass Sie in Ihrer Freizeit gerne Bernhardinerhund spielen, aber ich habe es nicht gewagt, Ihnen einen Knochen zu schicken ... Diese Blumen sollen Ihnen zeigen, dass ich es kaum erwarten kann, in Lebensgefahr zu geraten, damit Sie zu meiner Rettung herbeieilen können.« Auch wenn der humorvolle Text die galante Geste abschwächen sollte, fand sie, dass die Blumen etwas nach alter Schule dufteten. Und wenn man bedachte, dass die Größe eines Blumenstraußes wohl die Größe der Gefühle ausdrücken sollte, hätte sie Angst vor so viel Eifer haben müssen, denn er hatte nicht an Mitteln gespart. Aber letztlich fand sie das vor allem charmant. Sie wurde weich. Wieder las sie die Karte und musste lächeln. Er hatte es geschafft.

Claire war bei Catherine. Es war ja ihr Geburtstag. Anouk, die noch unter dem Eindruck der letzten Ereignisse stand, hatte lieber allein bleiben wollen. Arthur baute sich vor ihr auf und miaute ein Nimm-mich-auf-den-Arm. Sie nahm ihn hoch und streichelte ihn. Sie hatte richtig verstanden, denn er begann sofort zu schnurren. Der Kater legte sich auf sie, sein Körper wärmte ihren Bauch, und ein wohliges Gefühl breitete sich in ihr aus. Sie schloss die Augen. Sie hatte keine Angst mehr. Lange Minuten vergingen in dieser beruhigenden Stille. Dann richtete sich Anouk langsam auf und küsste Arthur, der nicht begriff, warum sie die Position veränderte, die doch so bequem gewesen war. Sie setzte ihn am Boden ab, neigte sich zum Beistelltisch und griff zum Telefon. Ganz ruhig wählte sie die Handynummer ihres Vaters. Beim ersten Ton spürte sie seine Anwesenheit am anderen Ende der Leitung.

»Papa, ich bin's.«

»*Ich weiß*«, antwortete eine Stimme kaum hörbar.

Tränen liefen ihr über das Gesicht.

»Wie ist das möglich? Du bist doch tot.«

»*Nein ... nicht ganz ... Ich kann es dir nicht erklären.*«

»Aber wo bist du?«

»*Es ist ...*«

Plötzlich war seine Stimme weg. Es hörte sich so an, als hätte er keinen Empfang mehr. Und dann war sie wieder da.

»*... als ob ich ... in einem Zwischenraum wäre ... zwischen zwei Welten ... Aber mir geht es gut ... Ich bin ... umgeben ... von einem warmen und sanften Licht ... von wohlgesinnten Wesen ... die ich nicht sehe ... aber deren Nähe ich spüre ... Sie sprechen zu mir ... aber ... ich ... höre sie nicht ... Es ist ein bisschen wie ... auf unserer Trauminsel ... Erinnerst du dich?*«

»Ja.«

»*Wir haben sie immer wieder neu erfunden ... Immer wieder dieselben Bilder ...*«

»Ja, ich erinnere mich.«

»*Diese Welt ... erinnert mich sehr an unsere Insel, Anouk ... Du bist da ... mit mir ... in jeder Ecke dieser Welt ... Du bist im Licht ... das mich umhüllt ... Du bist zu hören ... in den Engelsstimmen ... die zu mir sprechen ... Es ist, als ob ich in deinem Herzen wäre ...*«

Wie betäubt von diesen mysteriösen Worten, hatte Anouk die Augen geschlossen. Sie atmete tief ein.

»Aber warum du? Wie kannst du zu mir sprechen?«, murmelte sie.

»*Sie haben uns ... eine Schonfrist gelassen ... Ich bin zu brutal ... herausgerissen ...*«

»Wer sind ›sie‹?«

»*Eines Tages wirst du das erfahren ...*«

»Warum eine Schonfrist? Wirst du mich für immer verlassen?«

»*Ja ... Wenn ... wir uns verabschiedet haben.*«

»Aber ich will mich nicht von dir verabschieden, Papa ... Ich will nicht ...«

»*Es muss sein ... Wir werden uns bald wieder sprechen ...*«

Im Telefon war der Dauerton zu hören, und Anouk legte auf.

Sie wurde blass und war aufgelöst. Er war tot, hatte aber mit ihr gesprochen. Er sprach mit ihr, würde aber bald sterben. Das Chaos in ihrem Kopf machte sie ganz schwindelig. Steif wie ein Roboter legte sie sich hin. Wie in Trance wiederholte sie die Worte ihres Vaters. Sie würden sich bald wieder sprechen. Wann? Sie musste sich vorbereiten. Sie dachte an alles, was sie ihm im entscheidenden Moment sagen wollte. Was wollte sie ihm eigentlich sagen? Sie konzentrierte sich. Etwas von allergrößter Wichtigkeit würde bestimmt aus der Tiefe ihrer Gedanken auftauchen, etwas Schönes, das man gerne ausspricht und hört. Einige Minuten vergingen, aber nichts von Bedeutung, schon gar nicht für die Ewigkeit, ging ihr durch den Kopf. Sie hatte nichts auf dem Herzen, was sie loswerden wollte. Mit einem Mal bedauerte sie fast, dass sie sich immer so gut mit ihrem Vater verstanden hatte. Alles war gesagt worden, oder auch nicht, denn ihre gegenseitigen Gefühle waren so offensichtlich gewesen, dass sie darüber kein Wort verlieren mussten. Es hatte weder Missverständnisse noch Zweifel gegeben. Sie mussten nichts reparieren oder aufklären, und die einmalige

Gelegenheit, noch ein letztes Mal mit ihm zu sprechen, erschien ihr plötzlich nutzlos.

Obwohl sie zu der Schlussfolgerung kam, dass sie sich eigentlich glücklich schätzen sollte, wurde sie todtraurig. Das Einzige, was ihr wirklich fehlte, war er, seine Nähe, seine Anwesenheit. Immer war er für sie da gewesen, aber jetzt nicht mehr. Sein Tod hatte ein Gefühl der Verlassenheit in ihr hervorgerufen, und Worte, wie ausdrucksstark auch immer, würden niemals diese Leere füllen können.

Arthur sprang auf das Sofa. Vorsichtig tastete er sich an Anouk heran und rollte sich wieder auf dem warmen Ort zusammen, von dem er ein paar Minuten zuvor vertrieben worden war.

30

Um zehn vor elf wartete Anouk auf einer Bank vor der Kirche. Auf dem Platz war für einen Sonntagmorgen ziemlich viel los. Ein paar Jogger liefen – noch rot im Gesicht von ihrer körperlichen Anstrengung – gemächlich nach Hause. Andere, weniger sportlich und weniger rot, stiegen aus ihren Autos und gingen schnurstracks zur Konditorei. Wenig später kamen sie mit frischen Baguettes und weißen Kuchenschachteln wieder heraus. Vermutlich war das der Nachtisch für das Sonntagsmahl im Kreis der Familie. Anouk beobachtete diese nette Szenerie ganz entspannt. Die Luft an diesem Morgen war mild.

Schlag elf fingen die Glocken an zu läuten, und die Kirchentüren öffneten sich feierlich. Sie erwartete eine unüberschaubare Menschenmenge, so wie man sie am Ende von Rockkonzerten sieht, aber nur ein paar Gläubige tröpfelten aus der Kirche. Sie sah Familien und einzelne Personen, aber ihr Blick blieb an einem Ehepaar hängen. Die zwei waren vielleicht 80 oder sogar 100 Jahre alt. Sie sahen aus wie Überlebende aus einer vergangenen Zeit. Wunderbarerweise hatte sie das Leben gut behandelt und barmherzig vor dem größten Schicksalsschlag bewahrt: dem vorzeitigen Tod, der Menschen allzu früh trennt. Vorausgesetzt, sie haben sich geliebt – und diese Gabe hat nicht jeder, ganz egal in welchem Alter. Aber diese beiden liebten sich. Das sah man. Mit einer Hand hielt der alte Mann seinen marineblauen Filzhut, mit der anderen nahm er seine Frau am Arm und gab ihr dadurch Halt. Man spürte, dass sie wackelig auf den Beinen war, und fühlte sich erleichtert, sie an der Seite ihres Mannes zu sehen, der sich zuvorkommend um sie kümmerte. Offensichtlich sagte er etwas zu ihr, denn sie lächelte wie ein junges Mädchen. Sie hatten sich für die Sonntagsmesse fein gemacht, und das waren sie nun in der Tat. Anouk fing schon an zu bedauern, dass der Begriff »Sonntagsstaat« mit den beiden aussterben würde. Sie mussten zu den letzten Mohikanern gehören, die noch wussten, wieso man sich ursprünglich am Sonntag schön machte und nicht am Montag. Schließlich hatte es auch noch nie so etwas wie »Montagsstaat« gegeben. Sie versuchte es noch mit den anderen Wochentagen, aber es funktionierte nicht.

»Guten Tag.«

»Ach, guten Tag. Ich habe Sie nicht kommen sehen.«

Der Priester schaute in dieselbe Richtung wie Anouk.

»Vor zwei Jahren haben sie ihre diamantene Hochzeit gefeiert.«

Dann fragte er: »Waren Sie heute in der Messe? Ich habe Sie nämlich nicht gesehen.«

»Nein, man soll es ja nicht übertreiben ... Auf Sie zu warten, ist auch schon mal was, oder?«

»Ach ja, stimmt. Ich hatte vergessen, dass meine Predigten nur Unsinn sind ...«

»Für einen Gottesmann haben Sie aber wenig Sinn für Vergebung ... Ich habe mich doch entschuldigt, erinnern Sie sich nicht mehr?«

Amüsiert musste der alte Herr mit dem weißen Kragen lächeln.

»Ich habe Sie gestern in der Zeitung gesehen. Sie haben angeblich einen Supermarkt evakuieren lassen. Stimmt das?«

»Ja, es stimmt ... Genau deshalb wollte ich auch mit Ihnen sprechen. Es hat mit meinem Vater zu tun. Kennen Sie einen Ort, wo wir uns ungestört unterhalten können?«

Er schlug vor, in den nahegelegenen Park zu gehen. Anouk fasste die Geschehnisse der beiden letzten Tage zusammen. Sie fing mit dem Anruf an, durch den sie im Supermarkt gewarnt worden war, und endete mit dem Gespräch, das sie tags zuvor mit ihrem Vater geführt hatte. Sie erzählte von ihrer Kindheit, von der besonderen Beziehung, die sie zu ihm gehabt hatte. Der Priester hörte ihr die ganze Zeit über aufmerksam zu, ohne sie ein einziges Mal zu unterbrechen.

»Ich musste mich Ihnen anvertrauen. Sie und meine beiden Freundinnen sind die einzigen Menschen, die mir bedingungslos glauben. Außerdem dachte ich, dass Sie es verdient hätten, durch meine Vermittlung eine Stimme aus dem Jenseits zu hören … Sie sehnen sich doch danach, oder? Mit dem Himmelreich zu kommunizieren.« Anouk musterte ihn aufmerksam. Ihre Frage war ernst gemeint. Sie fuhr fort.

»Ich bringe Ihnen den Beweis für Ihren Glauben.«

Der Priester sagte nichts.

»Sie sagen nichts?«

»Nein, im Moment fällt mir nichts ein. Es ist nicht einfach für Sie, das zu erzählen, aber es ist auch nicht einfach für mich, es anzuhören. Ihre Erzählung ist verwirrend.«

»Haben Sie Angst? Angst vor dem Wissen?«

»Vielleicht, ja.«

»Heißt das, sobald man *weiß*, kann man nicht mehr glauben? Beruht die Inbrunst eines Gebets mehr in der Hoffnung auf eine bessere Welt als in deren Gewissheit?«

»Könnte sein. Wissen Sie, dass meine Glaubensbrüder taub gegenüber solchen Berichten sind? Sie verurteilen sie sogar. Indem man von diesen Phänomenen spricht, umgeht man die kirchliche Autorität. Die Kirche pocht auf das Monopol in Glaubensfragen. Und in solchen Fällen macht man ihr die Macht streitig.«

»Und das sagen Sie mir als Priester?«

»Selbstkritik ist nötig, um sich weiterzuentwickeln, und das gilt für alle und alles auf der Welt.«

Sie sahen sich an, und es wurde ihnen klar, dass sie sich verstanden. Trotz des Altersunterschieds und ihrer unterschiedlichen Weltanschauungen befanden sie sich auf derselben Wellenlänge.

Er hob wieder an.

»Ihr Vater sprach von Lichtwesen. Er hat sie sogar einmal ›Engel‹ genannt. Das ist für mich ein weiterer Beweis dafür, dass Gott existiert.«

»Er hat nicht von Gott erzählt oder von einer göttlichen Allmacht.«

»Ja, aber er hat von Engeln gesprochen. Wissen Sie, dass das Wort ›Engel‹ vom altgriechischen ›angelos‹ kommt und ›Botschafter‹ bedeutet? In einem religiösen Zusammenhang sind sie zwangsläufig die Botschafter Gottes.«

»Ich weiß nicht, ob Gott existiert, ich weiß auch nicht, wo sich mein Vater befindet, aber eines kann ich Ihnen sagen: Er klang glücklich. Seine Stimme verströmte ein Gefühl der Liebe und des Friedens. Ich kann Ihnen nicht exakt beschreiben, was ich empfunden habe, das ist unmöglich. Man müsste neue Wörter dafür erfinden. Es ist seltsam, aber seit gestern Abend bin ich ganz gelassen. Ihn zu hören, hat mich beruhigt – was seinen Tod, aber auch was mich und mein Leben betrifft.«

»Das ist gut. Das war bestimmt der Wunsch Ihres Vaters.«

»Aber trotzdem, ich zweifle immer noch, und ich sage mir, es ist besser so. Warum sollte man wissen wollen? Und braucht man wirklich eine Antwort? Stellen Sie sich vor, wir hätten eines Tages die Gewissheit, dass es nach dem Tod weitergeht. Stellen Sie sich vor, wir hätten den unwiderlegbaren

Beweis dafür, dass Gott existiert. Wie könnten wir damit leben? Alles würde sich mit einem Schlag ändern. Würden wir den 80 Jahren, die wir auf der Erde verbringen, genau so viel Bedeutung schenken, wenn wir wüssten, dass uns die Ewigkeit sicher ist? Wären wir bereit, all unsere Verantwortungen zu übernehmen, oder würden wir sie beim geringsten Problem abschütteln durch einen banalen Selbstmord, der dann eine Schnellstraße ins Jenseits wäre? Würden wir noch eine Staatsmacht anerkennen, wenn wir wüssten, dass unsere Existenz höheren göttlichen Gesetzen unterworfen ist? Und die armen Eltern! Würden ihnen die Kinder noch gehorchen, oder würden sie ihre Autorität angesichts eines allwissenden und allmächtigen Vaters verlieren? Eltern tun sich schon jetzt schwer mit der Erziehung, aber was wäre, wenn sie mit Gott konkurrieren müssten? Würden wir außerdem überhaupt noch Kinder zeugen, wenn der Tod ein Synonym für Glück wäre? Nein, ich glaube nicht. Sehen Sie, je mehr ich darüber nachdenke, desto überzeugter bin ich davon, dass wir den Tod brauchen und die Ungewissheit. Wir brauchen die Angst, das Leben zu verlieren, um es zu schätzen. Wir müssen die Tage zählen, um lieben zu können. Der Tod hält die Liebe auf ewig fest.«

Der Priester blieb stehen und schaute Anouk an. Er betrachtete sie von der Seite und fasste sie dann am Arm.

»Was Sie da sagen, hört sich schön an, selbst wenn es meinen Predigten widerspricht. Aber ich stimme in einem Punkt mit Ihnen überein: Wenn wir den Beweis für die Ewigkeit hätten, müssten wir unseren Wertekanon, der auf der Gewissheit des Todes beruht, neu formulieren. Wir müssten den Begriff der Existenz anders definieren und uns über die Unsterblichkeit, die nicht gleichbedeutend mit der Ewigkeit ist, erneut Gedanken machen.«

»Was für ein Durcheinander! Man müsste alles noch einmal von vorne durchdenken. Und Sie, Pater, welche Rolle würden Sie dann spielen?«

»Ich würde einfach so weitermachen wie bisher. Ich würde dasselbe tun.«

»Auf keinen Fall! Sobald man den Beweis hätte, dass Sie im Namen Gottes sprechen, würde man auf Sie hören. Ihre Rolle würde ganz andere Dimensionen annehmen. Ihre Gottesdienste wären auf einmal so angesehen wie politische Kundgebungen. Immer eine volle Kirche! Außerdem würden die Kirchenvertreter sicherlich von unseren Politikern gefürchtet, weil sie gefährliche Konkurrenten wären. Zwangsläufig würden die Staatsmänner im Schatten stehen.«

Nun fasste Anouk im Gegenzug den alten Mann am Arm und sah ihn mit hochgezogenen Augenbrauen an.

»Ist Ihnen klar, was das für ein Chaos ergäbe? Stellen Sie sich einen Wahlkampf vor, in dem Rechts- und Linksparteien gegen die Partei Gottes antreten! Gott als Präsident? Das wäre ein Albtraum für ein laizistisches Land wie Frankreich.«

Der Pfarrer musste laut lachen.

»Daran habe ich noch nie gedacht. Aber wenn Gott sich der Welt offenbaren würde, wäre das ein Grund zur Freude. Haben Sie keine Angst. Gott ist kein Diktator. Wenn das göttliche Gesetz auf unserer Erde herrschen würde, wäre es ein Gebot der Nächstenliebe. Gott ist gütig, er liebt die Menschen.«

Anouk lächelte ihn an. Sie war beruhigt, zu erfahren, dass Gott ein Demokrat war, und sagte: »Nicht Gott macht mir Angst, sondern die Leute, die an ihn glauben.«

Sie hielt inne und schaute dem Pfarrer tief in die Augen.

»Herr Pfarrer, wissen Sie, was ich unseren Herrgott fragen werde, falls ich ihn eines Tages kennenlerne?«

»Nein. Was denn?«
»Ich werde ihn fragen, ob er selbst gläubig ist.«

31

Als sie wieder in Claires Wohnung war, ging Anouk ins Internet. Dem Pfarrer zufolge gab es zahllose Veröffentlichungen über die Kommunikation mit Verstorbenen. Sie gab den Begriff »Nahtoderfahrung« ein. Die Suchmaschine spuckte eine lange Liste mit Adressen aus, unter denen man Erlebnisberichte lesen und eine große Anzahl an Artikeln über parapsychologische Phänomene finden konnte. Anouk musste methodisch vorgehen. Sie konzentrierte sich bei der Suche auf wissenschaftliche Untersuchungen und ließ dubiose, pseudoreligiöse Titel beiseite. Ein Link verwies sie auf den nächsten. Je länger sie las, desto klarer wurde ihr, dass sie die Phänomene in Kategorien einteilen musste: Es gab Berichte über Nahtoderfahrungen von Personen, die schon klinisch tot gewesen waren und wiederbelebt werden konnten. Und es gab Erlebnisberichte von lebenden Personen, die regelmäßig mit Toten kommunizierten. Sie schrieben mit erstaunlicher Präzision über das Schattenreich der Toten. Sie beriefen sich dabei immer auf ein Medium, das den Kontakt zu den Verstorbenen herstellen konnte. Es gab Hellseher, und es gab Hellhörige. Andere hatten diese übernatürlichen Fähigkeiten nicht und kommunizierten mithilfe von Phonographen oder überempfindlichen Empfangsgeräten mit dem Jenseits.

Anouk machte sich Notizen, druckte ein paar Seiten aus, die sie für wichtig hielt, und strich bestimmte Passagen mit einem Leuchtstift an. Sie stellte fest, dass unglaublich viele Menschen verschiedenster Herkunft, Kultur oder Religion sich leidenschaftlich mit diesen Themen auseinandersetzten. Alle Berichte stimmten darin überein, dass sie von einer besseren Parallelwelt zeugten. Sie waren Gucklöcher in einer

Mauer des Unsichtbaren. Die Theologen sahen dahinter ein himmlisches Reich, in dem Gott regierte, und suchten in religiösen Texten nach Antworten. Die Forscher erfanden neue Instrumente, um unwiderlegbare Beweise zu sammeln. Universitäten stellten ihre Labors für wissenschaftliche Experimente zur Verfügung, um die Möglichkeit einer Verbindung zum Jenseits zu prüfen. Anouk las sogar von einer Witwe, die Telefonkontakt mit ihrem verstorbenen Mann hatte.

All das erschien ihr höchst unglaubwürdig. Sie war ganz und gar in Gedanken versunken, als Claire und Catherine in der Wohnung auftauchten.

»Hallo! Anouk, bist du da?«

»Hier bin ich. Ich komme gleich.«

Sie notierte noch einige Buchtitel und machte dann den Computer aus. Morgen wollte sie nach der Arbeit in die Bibliothek gehen.

»Hast du schon gegessen?«, fragte Claire.

»Nein, noch nicht. Ich wollte mir gerade etwas machen.«

»Das trifft sich gut. Catherine hat noch Reste von gestern Abend.«

Catherine holte zwei Schüsseln mit Salade Niçoise aus ihrem Korb.

»Aber zuerst einen Aperitif! Heute ist Sonntag, wir machen's uns richtig gemütlich ...«

Claire kniete schon vor dem alten Buffet, das sie bei einem Trödler gekauft hatte, um Portwein und Martini zu suchen. Sie war sehr stolz auf ihr Schnäppchen, das überhaupt nicht zu ihrer afrikanischen Einrichtung passte. Sie kam mit den zwei Flaschen zurück und schenkte ein.

»Wo warst du heute Morgen? Als ich aus der Dusche kam, warst du schon weg«, sagte Claire zu Anouk.

»Ich habe Pater Lebon besucht.«

»Warst du in der Messe?«, fragte Catherine ganz erstaunt.

»Nein, ich habe draußen auf ihn gewartet. Ich musste ihm erzählen, was in den letzten Tagen passiert ist.«

»Also stimmt alles, was mir Claire erzählt hat?«

»Ja, es stimmt.«

»Glaubst du, dass dein Vater uns von da oben beobachtet?«, wollte sie nun wissen, während sie zur Zimmerdecke blickte.

»Ich weiß nicht. Vielleicht. Wenn man bedenkt, dass er mich jederzeit anrufen kann, müsste er eigentlich auch allgegenwärtig sein.«

»Und dazu noch unsichtbar! Das klingt wie ›Big Father is watching you‹ ...«, entgegnete Catherine etwas beunruhigt.

»Was wirst du jetzt machen?«, fragte Claire.

»Keine Ahnung. Was soll ich tun? Mein Vater hat mir gesagt, dass er mich bald für immer verlassen wird, aber nicht ohne vorher noch einmal mit mir gesprochen zu haben. Auch wenn ich nicht mehr jeden Tag heule, bin ich noch im selben Zustand wie vor zwei Wochen. Ich kann mir einfach nicht vorstellen, dass er vollkommen aus meinem Leben verschwindet.«

»Mach dir keine Sorgen!«, warf Catherine ein. »Wir werden einfach spiritistische Sitzungen abhalten. Wir machen das Licht aus und spielen Tischrücken. Und beim dritten Schlag spricht dann dein Vater zu uns!«

»Was Besseres fällt dir nicht ein?«, schimpfte Claire halb im Scherz.

Anouk musste lächeln. Sie nahm einen Schluck von ihrem Martini und sagte: »Vorhin war ich im Internet. Ich habe zig Berichte über das Leben nach dem Tod und die Kommunikation mit Toten gefunden. Es ist unglaublich!«

»Das bringt mich auf Victor Hugo«, sagte Claire. »Der soll doch auch mit Toten kommuniziert haben. Er hat hoch und heilig geschworen, dass er regelmäßig mit seiner toten Tochter Léopoldine gesprochen hat, aber auch mit berühmten Persönlichkeiten wie Molière, Corneille oder Napoleon! Er soll sich sogar mit Jesus Christus unterhalten haben!«

»Mit Jesus Christus?«, wunderte sich Catherine. »Was, zum Teufel, könnten die zu bereden gehabt haben?«

»Was mich fasziniert«, fuhr Claire fort, »ist, dass der große Schriftsteller Victor Hugo, die Symbolfigur des 19. Jahrhunderts, sich nicht schämte, öffentlich zu bekennen, dass er sich mit Toten unterhielt. Man muss ganz schön frech sein, einfach so zu erklären, man habe Small Talk mit Napoleon geführt. Er hat keine Sekunde daran gedacht, dass er dadurch seine Glaubwürdigkeit und seinen Ruf aufs Spiel setzen könnte, unverzichtbare Eigenschaften für einen Abgeordneten der Nationalversammlung, der er auch war.«

»Ja, der alte Victor hatte mehr Mumm in den Knochen als ich«, erwiderte Anouk.

»Aber das Verblüffendste ist«, setzte Claire nach, »dass es ihm offensichtlich nicht geschadet hat. Kein Mensch hat an seinem Verstand gezweifelt. Stellt euch vor, wenn heutzutage ein Politiker oder ein Intellektueller wie Bernard-Henri Lévy behaupten würde, er könne mit Jesus sprechen ...!«

»Mich amüsiert die Tatsache«, bemerkte Catherine, »dass sich Hugo die richtigen Gesprächspartner ausgesucht hat. Er hätte ja ebenso gut auf den nächstbesten Blödmann stoßen können. Aber nein, natürlich lässt sich ein Victor Hugo nicht mit irgendeinem x-Beliebigen ein! Sein Gegenüber muss ihm schon ebenbürtig sein, wie Napoleon oder gar Gottes Sohn höchstpersönlich!«

»Ja, genau: Gleich und Gleich gesellt sich gern.«

Anouk grinste: »Es gab eine Zeit, als ich *Morgen, schon ...* auswendig aufsagen konnte. Ich musste es für das Abitur lernen.«

Die drei jungen Frauen rezitierten das Gedicht, das Victor Hugo vier Jahre nach dem Tod seiner Tochter geschrieben hatte, wie ein Gebet. Sie waren stolz darauf, dass sie es ohne zu stocken aufsagen konnten. Zu dritt war es nicht schwer.

Morgen, schon in der Morgendämmerung
um die Stunde, wenn das Land hell wird,
werde ich aufbrechen. Siehst du, ich weiß, dass du auf mich wartest.
Ich werde durch den Wald gehen, ich werde über das Gebirge gehen,
ich kann nicht länger fern von dir bleiben.

Ich werde gehen, ganz in Gedanken,
ohne etwas anderes zu sehen, ohne ein Geräusch zu hören,
alleine. Unbekannt, den Rücken gekrümmt, die Arme verschränkt,
traurig. Und der Tag wird für mich wie die Nacht sein.

Ich werde weder das Gold des Sonnenuntergangs betrachten,
noch in der Ferne die Segel, die hinunter nach Harfleur eilen,
und wenn ich ankomme, werde ich auf dein Grab
einen Strauß von grünem Stechpalm und blühender Heide legen.

Catherine stellte ihr Glas ab und sah den Blumenstrauß auf dem Couchtisch an.

»Woher kommen die Blumen?«

»Monsieur Dingsbums hat sie Anouk geschickt«, spottete Claire.

»Barthes! Yvan Barthes«, korrigierte Anouk, wobei sie die Entrüstete spielte.

»Und jetzt?«, fragte Catherine.

»Und jetzt was?«

»Na, was hast du jetzt mit diesem Mann vor, der dir Blumen schickt?«

»Ich warte darauf, dass er in Lebensgefahr gerät, damit ich ihm zu Hilfe eilen kann. Das hat er mir geschrieben. Meiner Meinung nach wird er bald unter dem Vorwand anrufen, dass ihn Unbekannte auf den Gleisen des TGV festgebunden haben und er innerhalb der nächsten Stunde zweigeteilt wird, falls ich ihn nicht auf der Stelle befreie.«

»Und du als verliebtes Supergirl fliegst natürlich sofort zu seiner Rettung.«

»Nein, ich lass ihn zappeln und warte, bis er noch mal anruft ...«

»Du lügst«, erwiderte Catherine amüsiert.

Anouk grinste und verkniff sich eine Antwort. Sie nahm einen Schluck Martini.

»Lass uns lieber über Claire und ihren neuen Verehrer sprechen«, sagte sie, um von sich abzulenken.

»Mein Verehrer?«

»Ja. Denkst du, ich habe euch zwei am Freitagabend nicht gesehen? Ich meine dich und den Supermarktchef, der mich einsperren lassen wollte. Du hast ihm doch deine Telefonnummer gegeben.«

»Stimmt nicht ganz. Er hat nach meiner Nummer gefragt, das ist nicht dasselbe«, stellte Claire klar. »Weil ich höflich bin, habe ich sie ihm gegeben.«

»Und wenn er dich anruft und dich, sagen wir, zum Essen einlädt?«

»Höflich wie ich bin, würde ich seine Einladung annehmen.«

»Verstehe ... Es wäre unhöflich, eine höfliche Einladung abzulehnen ...«

»Genau. Das ist eine Frage der Erziehung ...«

Die Freundinnen unterdrückten mühsam ein Lachen. Still, aber heiter leerten sie ihre Gläser.

Dann standen Claire und Catherine auf und deckten den Tisch. Anouk nahm ihr Handy und tippte eine Nachricht: »Wauwau, der Bernhardiner. PS: In der Menschensprache heißt das: danke für die Blumen, sie sind sehr schön ...« Sie suchte nach der Nummer von Yvan Barthes und drückte auf »Senden«.

Du brauchst dich nicht zu wundern, wenn er dir das nächste Mal eine Dose Chappi schickt, das hast du dir selbst eingebrockt, sagte sie in Gedanken zu sich.

32

Anouk wollte sich nicht auf große Debatten einlassen. Aber all ihre Kollegen hatten die Wochenendzeitung gelesen und wollten von ihr eine genaue Zusammenfassung hören. Sie dagegen reagierte ausweichend und spielte ihre Rettungsaktion herunter. Das Dumme war nur, dass die anderen neugierig blieben, und je weniger sie daraus machte, desto interessierter wurden sie. Da sie nicht wusste, wie sie ihre Vorahnung vor dem Einsturz erklären sollte, wiederholte sie die Improvisationsnummer, die bei dem Polizisten so gut funktioniert hatte. Sie malte genauestens die Risse in den Mauern und das Krachen der Dachbalken aus, das ihr verdächtig vorgekommen sei. Ihre Kollegen hörten mit offenem Mund zu und gratulierten ihr zu ihrem beispielhaften Mut. Sie war die Heldin des Tages. Nur Monsieur le Gurke tat so, als sei er nicht auf dem Laufenden, und ignorierte Anouk völlig. Er spielte seine Rolle sehr gut und hätte zum x-ten Mal den Theaterpreis als bester Schauspieler in der Kategorie »Vollidiot« bekommen sollen. Je länger das dauerte, desto weniger konnte Anouk es ertragen. Sie würde ihre Kündigung am Tag nach der Präsentation bekannt geben.

»Die Präsentation ist immer noch für nächsten Montag geplant?«

»Ja«, antwortete er, tief über die Tastatur seines Computers gebeugt.

»Schick mir deinen Teil. Ich bitte dich jetzt schon zum dritten Mal darum.«

»Ja, ja, sofort.«

Fünf Minuten später entdeckte Anouk auf ihrem Bildschirm zu ihrer Überraschung eine E-Mail mit der Präsentation im Anhang. Sie hatte nur acht Seiten. Ihre eigene war 34 Seiten lang. Er gab sich gar nicht erst die Mühe, seinen guten Willen zu beweisen. Einem Impuls folgend, wollte sie ihm ihre Meinung sagen, dachte sich dann jedoch: wozu? Noch dazu arbeiteten sie vorübergehend wegen Umbauarbeiten im selben Büro. Sie wollte ihre Ruhe haben.

Sie schaute sich die anderen E-Mails an. Keine großen Überraschungen. Der Vertreter in England fragte, wann die neuen Kataloge auf Englisch lieferbar seien, ein Lieferant erhöhte seine Preise, ein Supermarkt verlangte, dass sich die Firma an einer Werbeaktion finanziell beteiligen solle, bei der ihre Produkte präsentiert werden würden.

Und wie jeden Montag freute sich ihr anonymer Verehrer, dass er sie in der Kantine nach drei langen Tagen des Wartens endlich wiedergesehen hatte. Sie war gerade dabei, dem Vertreter zu antworten, als ihr Kollege auf einmal zusammenzuckte und zum Leben erwachte. Der Chef stand im Türrahmen, den er mit seiner stattlichen Figur ausfüllte. Anouk dachte sich beim Anblick seiner steifen Haltung, dass er wohl besser in der Armee aufgehoben wäre. Sie konnte ihn sich gut vorstellen, wie er in Khaki-Uniform und mit einer umgehängten Kalaschnikow unsinnige Befehle ausführte. Der Gurkenkönig zappelte jetzt unruhig auf seinem Stuhl herum und lächelte wieder wie eine junge Frau. Er biederte sich an, noch bevor der andere zu sprechen begonnen hatte.

»Ich habe einen Auswärtstermin. Wenn ich gebraucht werde, rufen Sie mich auf dem Handy an.«

Bevor die Gurke antworten konnte, hatte er bereits die Tür geschlossen. Anouk beobachtete, wie aus ihrem Kollegen im Bruchteil einer Sekunde jedes Interesse an dem, was um ihn herum vorging, entwich. Er fiel in sich zusammen wie ein Käsesoufflé, das aus dem Ofen kam. Mit gesenktem Kopf und schlaffen Fingern vertiefte er sich erneut in seinen Laptop.

Um 17 Uhr verließ Anouk ihr Büro mit dem eigenartigen Gefühl, nur einen halben Tag gearbeitet zu haben. Normalerweise kam sie nie vor 19 Uhr raus. Bei ihrer Ankunft in der Stadtbibliothek stellte sie erstaunt fest, dass sich nichts geändert hatte, was sie irgendwie beruhigend fand. Seltsamerweise gehören Büchereien und Weinkeller zu den wenigen Orten, an denen man den Staub der Zeit mag. Man bildet sich ein, dass sich hinter dem abstoßenden Schmutz und den Spinnweben vergessene Schätze verbergen. Anouk war seit ihrer Schulzeit nicht mehr hier gewesen. Also ganz schön lange. Die einzige Veränderung war die schöne weiße Steinfassade. Um ihren guten Willen zu demonstrieren, hatte die Stadtverwaltung großzügig in die Renovierung alter Gebäude investiert. Seitdem sah man auch wieder Touristen mit Videokameras herumlaufen. Sie filmten die sanierten Häuser oder fotografierten sich gegenseitig vor ihnen. Die alten Anwohner beobachteten dieses Schauspiel, die Hände in den Hosentaschen, mit einer gewissen Befriedigung, als wären sie gerührt von der Rückkehr seltener Zugvögel, die das Land zugunsten weit entfernter Gegenden hinter sich gelassen hatten.

Anouk ging direkt zum Empfang, wo eine junge Frau Zettel ausfüllte. Vermutlich die, die man in den Büchern in durchsichtige Plastiktaschen steckte. Sie genierte sich ein wenig, das Thema ihrer Suche zu verraten, aber andererseits kam sie nicht darum herum, weil sie wirklich nicht wusste, in welcher Richtung sie beginnen sollte. Die junge Bibliothekarin hob ihren Kopf.

»Guten Tag.«

Die Literaturliste in der Hand, trat Anouk heran.

»Guten Tag. Wo kann ich Bücher zu psychologischen Themen finden?«

»Was suchen Sie genau?«

Verlegen reichte ihr Anouk die Liste.

»Das ist doch keine Psychologie. Sie müssen unter ›Religion‹ suchen, Reihe 8. Auf Ihrem Zettel stehen nur Neuveröffentlichungen. Das wenigste haben wir hier. Aber wissen Sie, die Frage, ob es ein Leben nach dem Tod gibt, ist ja nicht neu. Sie finden dort sicher Bücher, die sich mit dem Thema beschäftigen.«

Anouk nahm ihre Liste und begab sich zu dem Raum, in dessen Richtung die Frau mit dem Zeigefinger gedeutet hatte. Es herrschte konzentrierte Stille, sodass man kaum zu atmen wagte, wie wenn man zu spät in die Kirche kommt und sich auf leisen Sohlen in die letzte Bank schleicht. Den Kopf zur Seite geneigt, um besser lesen zu können, suchte Anouk nach passenden Büchern: *Was heißt glauben?* – nehm ich nicht. *Die Auferstehung Christi* – Papa ist zwar nicht auferstanden, aber auch nicht richtig tot. Nehm ich. *Begegnung mit Gott* – nehm ich nicht. *Engel sprechen mit uns* – nehm ich. *Leben und Sterben in der Liebe Gottes* – nehm ich wegen des Sterbens. *Sankt Johannes, der Täufer* – nehm ich nicht.

Am Ende von Reihe 8 musste Anouk feststellen, dass sie nur fünf Bücher gefunden hatte, die für sie ansprechend waren. Notgedrungen ging sie weiter zur Reihe 9, in die Esoterik-Zone. Aus Neugier blieb sie stehen und senkte erneut den Kopf. Was für Hirngespinste haben sich diese Spinner noch für uns einfallen lassen? Mal sehen ... *Die Kraft der Steine, Wie Sie positive oder negative Energie in Ihrem Haus entdecken können, Selbsterkenntnis dank Astrologie, Mit Pflanzen sprechen*. Mein

Gott, jetzt sprechen sie schon mit Pflanzen! Als ob es noch nicht genügt, mit Toten zu reden!

Auf einmal fühlte Anouk eine große Müdigkeit. Sie atmete tief durch, überlegte einen Moment und machte dann eine Kehrtwendung. Sie ging denselben Weg zurück zum Ausgang und stellte im Vorbeigehen die Bücher, die sie vorher mitgenommen hatte, wieder an ihren Platz in Reihe 8.

Die Bibliothekarin wunderte sich, als sie Anouk mit leeren Händen zurückkommen sah.

»Haben Sie nichts gefunden?«

»Nein. Jedenfalls nicht das, wonach ich gesucht habe. Danke, auf Wiedersehen.«

Anouk fuhr direkt in die Innenstadt. Nach wenigen Minuten parkte sie vor einer Buchhandlung. Sie öffnete die Tür, ging in die Taschenbuchabteilung im ersten Stock und begann, bei den modernen Klassikern unter dem Buchstaben »B« zu stöbern.

»Suchen Sie etwas?«, fragte die Verkäuferin.

»Ja, *Alle Menschen sind sterblich* von Simone de Beauvoir.«

33

»Hat dir Pater Lebon diesen Lesetipp gegeben?«, fragte Claire, die das Buch auf der Couch liegen sah.

»Nein, ich wollte mich wieder mal darauf besinnen, dass wir alle eines Tages sterben müssen, aber dummerweise ist dieser Fosca, die Hauptfigur, unsterblich. Für ihn ist das wie ein Fluch.«

Anouk seufzte und fuhr fort.

»Claire, ich bin es leid, mir solche Fragen zu stellen. Ich werde noch ganz verrückt dabei. Ich möchte gar nicht mehr wissen, was nach dem Tod passiert. Ich will einfach nicht mehr daran denken. Es ist mir auch gleichgültig, ob nun eine unzugängliche Parallelwelt existiert oder nicht. Ebenso wenig will ich wissen, ob es auf irgendeinem Planeten Marsmenschen oder so was gibt. All diese Fragen nehmen kosmische Ausmaße an, die mich überfordern. Simone de Beauvoir hatte recht: Wir sollten uns im Leben einrichten wie in einem schönen Haus. Letzten Endes hat das, was da draußen, in einer anderen Welt passiert, überhaupt keine Bedeutung. Es hat mich beruhigt, meinen Vater zu hören, es war magisch, aber er hätte niemals freiwillig auf sein bisschen Leben verzichtet. Weißt du, Claire, jetzt, wo ich mit dir darüber spreche, glaube ich, dass die beiden Leben – wenn es denn ein zweites gibt – nichts miteinander zu tun haben. Uns bleibt nichts anderes übrig, als hier und jetzt glücklich zu sein.«

»Das ist ja eine tolle Entdeckung! Dass ich nicht lache! Seit ewigen Zeiten sind sich alle darüber einig, dass man sein Leben genießen sollte. Aber die Entscheidung, nicht mehr über den Tod nachzudenken, bedeutet noch lange nicht, dass man dann glücklich ist. Zu sagen ›Ich will glücklich sein‹

macht keinen Sinn. Das wäre zu leicht. Wofür auch immer man sich entscheidet, es genügt niemals, denn das Glück lässt sich nicht beschließen. Es ist wie mit der Liebe – es macht, was es will. Und was ist Glück überhaupt?«

»Ich weiß es nicht. Macht Sex glücklich oder Schokolade? Vielleicht bedeutet es Harmonie. Sobald man nicht mehr mit sich oder seinen Mitmenschen im Einklang ist, verflüchtigt sich das Glück. Es ist gut, wenn man sein Spiegelbild, aber auch die Person, mit der man sein Leben teilt, liebt und wenn man die Leute, mit denen man arbeitet, mag. Das scheint eine Binsenwahrheit zu sein, aber das Selbstverständliche ist nicht immer leicht zu verwirklichen. Versuch doch einfach mal, von heute auf morgen dein Aussehen, deinen Mann oder deinen Job zu wechseln! Es soll aber Länder geben, die näher am Glück liegen. In Dänemark zum Beispiel regnet es 180 Tage im Jahr, und trotzdem sind die Dänen das glücklichste Volk in Europa. Die Soziologen behaupten, dass die Dänen deshalb so glücklich sind, weil sie keine Angst vor der Zukunft haben. Die dänische Gesellschaft ist bereit, zu teilen, und übernimmt die Unterstützung ihrer schwachen Mitglieder. Das Geheimnis des Glücks steckt also vielleicht ganz einfach in einer Finanzspritze. Das würde bedeuten, man muss den Leuten nur Geld geben, um sie glücklich zu machen, vor allem, wenn sie mit so einem beschissenen Wetter leben müssen. In Wahrheit hat kein Mensch, ob Däne oder nicht, etwas gegen Geld. Ich habe jedenfalls noch nie gehört, dass sich jemand über eine Gehaltserhöhung beschwert hätte. Alle wollen ihren Schnitt machen. Und trotzdem schallt einem an jeder Straßenecke entgegen: ›Geld macht nicht glücklich!‹ So ein Quatsch! Man muss sich fragen, wer ein Interesse daran haben kann, uns solch einen Blödsinn einzureden. Tatsächlich passt die Theorie, dass Geld nicht glücklich macht, den allermeisten: den Reichen, damit man Mitleid mit ihrem Unglück hat und sie in Ruhe lässt, statt sie aus Neid zu hassen; die sollen ihren Luxus nicht nur genießen, sondern dafür auch noch unser Mitgefühl verdienen! Und die Armen dürfen sich glücklich schätzen, weil sie ein einfaches Leben ohne oberflächlichen Wohlstand, aber nach den wahren Werten führen. Als ob die wahren Werte nur für die Armen gelten würden! Wie sagt man? Lieber reich und gesund als arm und krank! Sag mal, hast du nie davon geträumt, reich zu sein, sehr reich?«

»Nein, ich habe Angst davor, arm zu sein, Not zu leiden, aber ich habe nie davon geträumt, reich zu sein. Mir geht's wie den Dänen, ich mag das Geld, weil es mich beruhigt und viele meiner Sorgen vertreibt. Aber es bringt gar nichts, wenn man zu viel davon hat. Was nutzt zum Beispiel eine Badewanne aus Marmor, wenn einen der Körper, der sich da hineingleiten lässt, abstößt. Oder andersrum: Stell dir vor, eines schönen Tages würde durch puren Zauber George Clooney in deinem Badezimmer auftauchen. Träumen wird man ja wohl noch dürfen! Auf was würdest du achten? Auf seinen muskulösen Körper, der nur auf dich wartet, oder auf die Designer-Seifenschale?«

Anouk lächelte und senkte dabei den Kopf. Die Antwort war klar. Stolz auf ihre unschlagbare Beweisführung fuhr Claire mit der Demonstration ihrer raffinierten Logik fort.

»Siehst du! Im Vergleich zu einem nackten Körper interessiert kein Schwein eine Badewanne. In Wahrheit wird die gegenseitige Anziehungskraft, die aus Menschen Paare macht, immer über den Luxus triumphieren, an den man sich allzu schnell gewöhnt. Und das ist auch gut so, denn es wäre doch idiotisch, den Rest seines Lebens eine Badewanne anzuhimmeln.«

»Es gibt doch genügend Zeitgenossen, die genau das tun. Sie bewundern ihre Badewanne, ihre goldenen Armaturen, ihr Auto oder die Uhr an ihrem Handgelenk. Und das genügt ihnen noch nicht. Sie umgeben sich mit Leuten, die dieselben Dinge mögen wie sie. Als ob Geld ein Zaubermittel dafür wäre, dass man geliebt wird.«

»Für diese Leute bleibt Glück eine Illusion. Aber gut, seien wir aufrichtig, nicht alle Reichen sind gleich. Die, die sich vor ihren goldenen Wasserhähnen niederknien, sind oberflächlich von Natur aus, und ich bezweifle, dass sie es ohne Geld weniger wären. Angeber gibt es übrigens in allen sozialen Schichten. Um auf unser Thema zurückzukommen: Wir können nichts mitnehmen. Das erinnert mich an einen alten Woody-Allen-Film, der mit der Illusion aufräumt, man könne mithilfe von Geld seinem Schicksal entgehen. Man sieht Reisende in verschiedenen Zugabteilen, wobei die Hässlichen und Traurigen in der zweiten Klasse die Schönen und Fröhlichen in der ersten Klasse voller Neid beobachten. Davon abgesehen fährt der Zug für alle in dieselbe Richtung. Alle Fahrgäste, ob erste Klasse oder nicht, steigen an derselben Endstation aus: einer öffentlichen Mülldeponie. Kein schlechtes Bild! So ist das Leben. Ein Zug auf Schienen. Und du, du steigst ein und steigst aus. Das war's dann!«

Einige Sekunden herrschte Stille.

»Ja, aber du musst zugeben, dass es die Krönung wäre, zusammen mit George Clooney in der ersten Klasse zu sitzen, um die Mülldeponie zu vergessen. Wie man sich bettet, so fährt man«, bemerkte Anouk heiter, da sie die Unterhaltung nicht mit so einem ernsten Ton beenden wollte.

Claire schaute ihrer Freundin direkt in die Augen, ganz so, als sei ihr gerade eine enorm wichtige Sache aufgefallen.

»Ich habe bis jetzt nicht gewusst, dass du dermaßen in George Clooney verknallt bist.«

Amüsiert musste Anouk über Claires Entdeckung lachen.

»Ich habe nie behauptet, dass ich ihn unwiderstehlich finde. Du hast ihn doch vorhin erwähnt. Übrigens ist das ja schon fast eine Manie: Jedes Mal, wenn es um ein männliches Sexsymbol geht, wird uns automatisch George Clooney oder meinetwegen noch Brad Pitt serviert.«

»Okay, aber stehst du mehr auf George oder Brad?«

»Am liebsten mag ich Lino Ventura. Aber unglücklicherweise werden solche Typen heute nicht mehr hergestellt.«

»Ja, ich weiß, Lino Ventura ist dein Liebling. Aber wenn du zwischen Brad Pitt und George Clooney wählen müsstest, wen würdest du nehmen?«

»Ich würde George nehmen«, antwortete Anouk mit einem Lächeln.

»Das habe ich mir fast gedacht. Wie wär's jetzt mit einem Aperitif? Ist zwar nicht Sonntag, aber was soll's?«

Claire öffnete das alte Buffet, wo die beiden Flaschen vom Vortag standen. Die Wohnzimmertür war angelehnt, und Arthur nutzte die Gelegenheit, sich durch die Öffnung zu zwängen, um den beiden Frauen Gesellschaft zu leisten.

Gerade als sie dabei waren, ihre Getränke zu schlürfen und über das Geheimnis des Glücks nachzudenken, klingelte Anouks Handy. Auf dem Display erschien der Name von Barthes. Anouks Herz machte einen Hüpfer. Der Frosch war wieder zum Leben erwacht.

»Mensch, machst du ein Gesicht! Ist es dein Vater?«, fragte Claire vorsichtig.

»Nein, es ist mein Kardiologe.«

»Dein was?«

»Nichts, ich werd's dir erklären«, antwortete Anouk.
»Hallo?«
»Guten Abend, Yvan Barthes am Apparat.«
»Ach, guten Abend.«
»Störe ich Sie?«
»Nein, gar nicht. Ich sitze gerade mit einer Freundin zusammen.«
»Dann will ich nicht lange stören. Ich glaube, dass ich Ihre Hilfe benötige.«
»Ach, Sie spielen auf den Mann in Lebensgefahr an. Ich soll Sie retten, oder?«, antwortete Anouk belustigt.
»Nein, ganz und gar nicht«, erwiderte Barthes irritiert.
»Ach so, ich dachte wegen der Blumen ...«
Wofür hielt die sich eigentlich? Yvan Barthes bemühte sich, seine Fassung zu bewahren. Ihr zu selbstsicherer Ton gefiel ihm nicht. Er hätte ihr keine Blumen schicken sollen. Deshalb hatte sie jetzt leichtes Spiel. Er wartete einige Sekunden ab, lange genug, um eine peinliche Stille entstehen zu lassen. Das wird sie ein bisschen nervös machen, dachte er.
»Es ist offenbar nicht schwer, Ihnen eine Freude zu bereiten. Ich dachte, Sie seien anspruchsvoller.«
Betroffen schwieg Anouk. Wiederum herrschte einige Sekunden Stille.
Yvan Barthes fuhr sichtlich gelöst fort.
»Ich wollte Sie wegen der Firma Ihres Vaters sehen. Jean hat mir mitgeteilt, dass Sie die Papiere unterzeichnet haben. Ich würde Ihnen gerne einen Überblick über die finanzielle Situation geben und Sie außerdem über die Pläne informieren, die wir zusammen mit Ihrem Vater für die nächsten drei Jahre entwickelt haben. Je schneller Sie auf dem Laufenden sind, desto besser. Wir sind ständig gefordert, uns anzupassen.

Außerdem werden Jean und Sie in den nächsten Wochen einige wichtige Entscheidungen zu treffen haben. Freitagabend im selben Restaurant wie beim letzten Mal? Um 20 Uhr?«

»Ich werde da sein. Aber noch eine Sache, bevor ich auflege: Schicken Sie mir nie mehr Blumen, Monsieur Barthes.«

Anouk beendete das Gespräch. Barthes grinste. Seine Taktik war aufgegangen. Zumindest hoffte er es. »Es ist offenbar nicht schwer, Ihnen eine Freude zu bereiten.« Anouk hatte den Köder geschluckt und war sauer darüber, dass er sie wie eine leicht zu beeindruckende Frau behandelt hatte. Er sah das als gutes Zeichen an. Am Freitag durfte er sich keinen Fehler erlauben. Beim geringsten Irrtum würde Anouk endgültig den Kontakt abbrechen.

34

Seitdem sie wusste, dass sie kündigen würde, machte Anouk keine Überstunden mehr. Es mangelte ihr auch an der richtigen Motivation. Nur zwei Dinge waren ihr noch wichtig: die Präsentation am kommenden Montag und die Fertigstellung der laufenden Projekte. Sie ertappte sich oft dabei, dass sie an ihren Vater dachte und die entgangenen Anrufe auf ihrem Handy überprüfte. Wenn jemand sie beobachtet hätte, hätte er glauben müssen, dass sie verliebt sei und ungeduldig auf den Anruf eines unsensiblen Mannes warte, der nichts von sich hören ließ.

Um 17.30 Uhr fuhr sie ihren Computer herunter. Sie wollte noch joggen und hatte ihre Sportkleidung schon mitgenommen. In der Toilette zog sie sich um und kehrte noch einmal zurück, um ihre Handtasche und die Schlüssel zu holen. Der Gurkenkönig war ohne ein Wort gegangen. Ihr Chef war auf einer »Mission« und kam erst am nächsten Tag wieder. Sie sperrte die Türen zweimal ab, ging zum Ausgang, steckte den Ausweis in das Lesegerät und grüßte den Sicherheitsmann in seiner Kabine. Es war nicht das erste Mal, dass er sie in diesem Outfit sah, aber dennoch scannte er sie mit seinen Blicken von Kopf bis Fuß, als wüsste er immer noch nicht, ob ihr Sportklamotten besser stünden als Maßkleidung. Zugegeben, Leggins waren nicht so elegant wie Röcke, aber sie hatten den großen Vorteil, dass sie schön eng saßen.

Sie stellte ihr Auto am Eingang zum Park ab. Mit einem Gummi band sie ihr Haar zusammen und setzte eine Mütze auf. Ausstaffiert mit diesen modischen Sportutensilien glich sie einer trendbewussten Kalifornierin. Es roch nach feuchtem Holz und frisch gemähtem Gras. Sie hatte richtig Lust, sich in die Natur zu stürzen. Sie verzichtete auf ihre Lockerungsübungen und fing aus dem Stand zu laufen an. Ihr Schritt war locker und entspannt, ihre Atmung regelmäßig und ihr Körper bereit, die Anspannung der drei letzten Tage abzuschütteln. Der regelmäßige Laufrhythmus ließ sie auf andere Gedanken kommen. Mit einem Mal hatte sie das Bild ihres Vaters vor Augen: Warum reagierst du nicht auf meine Anrufe? Ich verstehe das nicht. Wie kannst du mich so ignorieren? Es kann kein technisches Problem sein, weil du tot bist, Papa. Mit einem Toten hat man keine technischen Probleme! Das ist einfach unmöglich. Hörst du mich?

Konnte er sie hören? Zwischen zwei Atemzügen stieg die Verzweiflung in ihr hoch. Befand er sich immer noch in diesem angenehmen Zustand, den sie sich allzu gerne ausmalte? Sie stellte ihn sich neben ihrer Mutter vor, beide ganz in Weiß wie die Engel, die sie als Kind in den Religionsbüchern bewundert hatte. Ein Hof aus Licht umgab sie. Sie war sich der Lächerlichkeit ihrer Träumerei bewusst, doch es tröstete sie, die beiden zusammen, ja auf ewig vereint zu sehen. Außerdem hatte ihre Fantasie ihr schon einmal Schlimmeres vorgegaukelt. In der Nacht des ersten Anrufs war ihr im Traum ihr Vater als Obi-Wan aus *Krieg der Sterne* erschienen. Er trug dieselbe Rüstung wie der alte Jedi-Ritter. Wie dieser war er nicht wirklich gestorben. Mit einem Lächeln auf den Lippen und seiner großen Weisheit war er bereit, die Mächte der Finsternis herauszufordern. Und Anouk war sozusagen Luke, der mit einer Erscheinung sprach. Ihre blühende Fantasie hatte sie vor der Traurigkeit gerettet. Es war wie ein Reflex: Jeder negative Gedanke wurde ins Gegenteil verkehrt.

Ihre Eltern hatten sich geliebt, auch wenn ihr Vater kaum darüber gesprochen hatte, da ihn jedes Mal ein Schamgefühl überkam, sobald er von seiner Frau redete. Abgesehen von ein paar präzisen Bildern war die Erinnerung an ihre Mutter unscharf. Nur ihre sanfte Stimme, mit der sie ihr zärtliche Dinge gesagt hatte, hatte Anouk fest in ihrem Inneren bewahrt. Besonders wenn sie gesungen hatte, war ihre Stimme sanft und betörend gewesen, sie konnte hoch singen, so hoch, dass man dachte, ihre Stimmbänder wären aus Kristall. Als Erwachsene fühlte sich Anouk jedes Mal, wenn sie die seltsam schönen Stimmen aus der Oper *Lakmé* hörte, an ihre Mutter erinnert. Sie verabscheute die neuen Marken, die eine Passage daraus als Hintergrundmusik für ihre Werbespots genommen hatten. Wie konnten sie es wagen, mit kommerziellen Slogans die göttliche Melodie in den Schmutz zu ziehen, die ihr als heiliges Souvenir ihrer Mutter erschien! Sie war eine hübsche Dunkelhaarige mit blauen Augen und fein geschnittenen Gesichtszügen gewesen. Trotz des unterschiedlichen Teints hatte ihr Vater gesagt, dass sie mit den Jahren ihrer Mutter immer ähnlicher geworden sei. Sie hatten die gleiche Größe, und sie hatte von ihr die anmutige Art geerbt. Ihr Vater hatte nach ihrem Tod kein neues Leben begonnen. Er hatte nicht danach gesucht. Anouks Mutter war seine große Liebe gewesen, und diese Liebe schien ihm für den Rest seiner Tage zu genügen.

Anouk hatte ihm aus Gewissensgründen zu verstehen gegeben, dass er ruhig eine andere Frau treffen könne, wenn er wolle, aber mit Erleichterung hatte sie festgestellt, dass er dazu keine große Lust hatte. Oder zumindest tat er so. Er hatte Charme, und er lebte in besten Verhältnissen. Er war das, was man eine gute Partie nannte, und offensichtlich dachte nicht nur sie das. Bei manchen Abendveranstaltungen hatte Anouk die schmachtenden Blicke junger Frauen bemerkt, die ihren Vater länger anlächelten, als es dem Anstand entsprach. Manche gingen sogar so weit, ihm ihre Visitenkarte in die Hand zu drücken, ohne dass er darum gebeten hätte. Sie erfanden einen Vorwand, der oft mit der Arbeit zu tun hatte. Es war so was von durchsichtig. Ihr Vater fühlte sich geschmeichelt, blieb aber unbeeindruckt von all den Charmeoffensiven, die seiner Person galten.

Umso besser, sagte sich Anouk. Sie hatte diese Hühner alle oberflächlich, uninteressant und arrogant gefunden, da sie vorgaben, »ganz anders als die anderen« zu sein, und doch alle dasselbe erzählten. Weil sie jung waren, dachten sie, sie hätten ihre Beute schon in der Tasche, als wäre es die Jugend allein, die unwiderstehlich auf einen Mann wirkte, der lange vor ihnen zur Welt gekommen war. Zugegeben, ein paar von ihnen waren nicht schlecht, weit diskreter, nicht so aufdringlich. Und genau deswegen hatte er sie übersehen. Alles in allem war es gut so! Was hätte sie auch mit einer gleichaltrigen Stiefmutter anfangen sollen?

Sie legte einen Schritt zu. Als sie an der Wasserfläche vorbeikam, huschte ein Lächeln über ihr Gesicht. Sie musste an Claire denken, die eine Ausrede erfunden hatte, um sie nicht begleiten zu müssen. Laufen war wirklich nicht deren Ding, deswegen hatte sie nicht weiter insistiert. Dann kam ihr Barthes in den Sinn. Sie runzelte die Augenbrauen. Wofür hielt der sich eigentlich? Sie pfiff auf seinen Blumenstrauß. Schließlich hatte sie ihn um nichts gebeten. Also musste Monsieur gar nicht so erstaunt tun und den Gleichgültigen spielen. Es war gut, dass sie die Dinge klargestellt und ihn auch nicht beim Vornamen genannt hatte, wie sie es bei ihrem letzten Treffen ausgemacht hatten. Männer, die die Kunst des Missverständnisses pflegen, um auf einmal ihre wahren Absichten zu verschleiern, waren ihr ein Gräuel. Sie richteten es immer so ein, dass am Ende die Frau diejenige war, die ihre allzu einladenden Worte oder Gesten falsch verstanden hatte. Nein, nein! Nicht mit mir!, sagte Anouk zu sich. Am Freitag gehe ich mit ihm essen, bleibe auf Distanz und tschüss! Ich lass mich doch nicht mit so einem Typen ein! Außerdem werde ich ihn feuern, sobald ich die Direktion der Firma übernommen habe. Ich werde ihm alle Projekte entziehen. Soll der doch anderen schöne Augen machen, mir nicht! Anouks Gesicht hatte sich verfinstert, und unwillkürlich lief sie schneller. Sie schien fest entschlossen, diese Beziehung zu beenden, noch bevor sie begonnen hatte. Ist doch wahr!, bestärkte sie sich.

35

Claire schüttete warme Milch in den Kaffee von Anouk. Anschließend stellte sie den Milchtopf auf den dekorativen Untersetzer und wandte sich zum Toaster, der gerade zwei geröstete Brotscheiben ausgeworfen hatte. Mit einer raschen Bewegung nahm sie diese und steckte zwei neue Scheiben in die rot aufglühenden Schlitze des Apparats. Ungerührt saß Arthur auf seinem Stuhl – denn jetzt war es tatsächlich sein Stuhl geworden – und beobachtete das beruhigende Frühstücksritual. Die beiden Freundinnen ließen immer ein paar Minuten verstreichen, bevor sie zu sprechen begannen.

»Glaubst du, dass mein Vater eine Geliebte hatte?«, fragte Anouk.

»Du stellst aber seltsame Fragen so früh am Morgen! Keine Ahnung. Das müsstest du doch besser wissen als ich. Aber warum nicht? Du hast ja schon eine ganze Weile nicht mehr bei ihm zu Hause gewohnt.«

»Hast du nicht zufällig bei der Beerdigung eine schöne junge Frau gesehen? Eine Frau, die sich im Hintergrund hielt, allein, unbekannt ...«

»Ganz in Schwarz, mit einem Taschentuch, um ihre Tränen zu verbergen? Wie im Film? Ich glaube, du siehst zu viel fern ...«

»Da hast du wohl recht.«

»Und selbst wenn er eine Geliebte gehabt hätte, hättest du damit jetzt ein Problem?«

»Jetzt nicht mehr, aber ich glaube, früher hätte mir das nicht gefallen. Auch wenn ich ihn dazu ermuntert habe, Bekanntschaften zu machen, habe ich doch insgeheim gehofft, dass er niemanden findet. Ich hatte keine allzu edlen Gefühle, weißt du ...«

»Na ja, das ist doch ganz normal. Entscheidend ist, dass du dir dessen bewusst warst, da du ihm ja genau das Gegenteil gesagt hast. Jedenfalls werden wir nie wissen, ob er jemanden hatte.«

Claire war aufgestanden, um die zwei heißen Brotscheiben aus dem Toaster zu nehmen. Ohne nachzudenken, gab sie eine davon Anouk.

»Claire«, fuhr Anouk fort, »ich fühle mich wohl bei dir. Wenn ich könnte, würde ich immer hierbleiben.«

»Aber du kannst doch!«, erwiderte Claire eilig, die schon ahnte, wie es weiterging, und sich davor fürchtete.

»Ich weiß nicht, was ich ohne dich getan hätte, aber ich kann nicht ewig bei dir wohnen. Ich habe mir vorgenommen, nächstes Wochenende wieder zu mir nach Hause zu ziehen.«

Claire sah Anouk traurig an. Sogar Arthur schien traurig zu sein.

Sie nahm die Hand ihrer Freundin und sprach mit sanfter Stimme: »Wie du willst. Aber komm zurück, wenn du deine Meinung nächste Woche änderst. Jetzt aber los, wir sind spät dran und noch nicht mal angezogen!«

Anouk stellte ihren alten Citroën auf dem Firmenparkplatz ab. Im Rückspiegel überprüfte sie, ob ihre Haare in Ordnung waren, und schminkte sich die Lippen in einem natürlichen Rosa. Gut, sie war einigermaßen vorzeigbar. In dem Augenblick, als sie aussteigen wollte, vibrierte ihr Handy und kündigte eine SMS an. Sie nahm das Telefon und drückte hastig mit dem Daumen auf die Eingangstaste. Die Nachricht lautete: »Morgen um acht Uhr hier. Papa.«

Anouks Hände zitterten. Sie las die Nachricht noch einmal. Ein zweites und dann ein drittes Mal. Zu Lebzeiten hatte ihr Vater nie eine SMS geschickt. »Papa«, die Unterschrift lautete »Papa«. Ein wunderbares Glücksgefühl erfüllte sie, während sich gleichzeitig ihr Magen vor Schmerz zusammenzog. Selbst wenn sie von nun an dem Unmöglichen Glauben schenken wollte, wirkten die einfachen Worte beunruhigend und surreal. Die Botschaft hatte gar nichts Transzendentes, aber sie kam geradewegs aus dem Himmel! Das genügte, um sie in größte Verwirrung zu stürzen. Was wollte er ihr sagen? »Morgen um acht Uhr hier.« Sie hatte um diese Zeit nichts vor. Wollte er sich hier mit ihr treffen? Eines war sicher: Er würde nicht in Person kommen. Oder wollte er sie auf etwas vorbereiten, weil er sie bat, so frühzeitig zu erscheinen? Er wusste, dass sie normalerweise erst um 8.30 Uhr im Büro anfing. Hatte ihr blöder Kollege etwa noch einen Coup vor? Nein, sie konnte sich nicht vorstellen, dass ihr Vater sie vor einem Überraschungsschlag des Gurkenkönigs bewahren wollte. Die himmlischen Aufsichtsbehörden hätten diesen allzu menschlichen Taschenspielertrick nicht erlaubt, der das Gegenteil jeder göttlichen Mission gewesen wäre: zwei Krieg führende Parteien mittels pazifistischer Parolen an einen Tisch zu bringen.

Ein nervöses Lächeln zuckte über Anouks Gesicht. Sie atmete tief durch, um sich zu beruhigen. Vielleicht war ihre Intuition ja richtig, man konnte nie wissen. Sie würde morgen um acht Uhr da sein. Aber heute würde sie kein Wort darüber verlieren. Als ob nichts wäre, würde sie das Büro mit der unerschütterlichen Gelassenheit eines chinesischen Olympiateilnehmers betreten.

Aber jetzt wollte sie ihrem Vater antworten. Anouk tippte langsam die Buchstaben P-a-p-i ein. Was sie da sah, jagte ihr einen solchen Schrecken ein, dass sie fast ihr Handy fallen ließ. Auf dem Display stand: »Sarg«. Verwirrt löschte sie die Buchstaben und versuchte es erneut: P-a-p-i. Und wieder erschien: »Sarg«.

Aufgewühlt rief sie Claire an. »Ich glaube, ich werde verrückt! Es ist wie ein Fluch. Weißt du, was mir jetzt passiert ist?«

Claire wunderte sich schon lange über nichts mehr und hörte ihrer aufgeregten Freundin geduldig zu. Schließlich sagte sie: »Anouk, es ist kein Fluch. Es liegt an der Worterkennung. Dein Handy verwandelt die Worte automatisch. Mehr steckt nicht dahinter.«

36

Am nächsten Tag war Anouk als Erste im Büro. Sie hatte gut geschlafen und fühlte sich in Form. Irgendetwas wartete auf sie – und sie war auf alles gefasst. Die Besprechung, bei der sie ihre Marktstudie präsentieren sollte, war zwar erst für Montag vorgesehen, aber am Tag nach der fürsorglichen Nachricht ihres Vaters wollte sie sie vorsichtshalber noch einmal Seite für Seite durchgehen. Sie ließ die verschiedenen Etappen Revue passieren – von der Identifizierung der Verbraucher bis zu den Eigenschaften des Produkts. Eine Vergleichsstudie mit einem anderen Land als Deutschland wurde durchgeführt. Sie hatte sich für Großbritannien entschieden, weil es kulturell ähnlich geprägt war. Die ermittelten Daten waren jetzt aufgezeichnet, eingeteilt und analysiert; die Grafiken sahen aus wie vielfarbige Camemberts, flankiert von erfreulichen Prozentangaben.

Zehn nach acht. Noch immer kein Mensch da. Wo blieben die Kollegen denn? Plötzlich schoss ihr ein Gedanke durch den Kopf. Sie nahm ihren Laptop und fuhr direkt in die vierte Etage, wo sich der größte Konferenzraum befand. Sie kam am Büro von André Faillard vorbei, dem »Boss der Bosse«. Er begab sich niemals in die tiefergelegenen Stockwerke, um sich mit seinen Angestellten zu treffen. Wie der Papst gewährte er Audienzen nur in seinen heiligen Hallen. Gewöhnliche Sterbliche hatten das Privileg, ihn einmal am Tag, exakt um 13.30 Uhr, in der Kantine zu sehen. Er ging immer schnellen Schrittes. Die Garage, in der er seinen Wagen abstellte, hatte keinen direkten Zugang zum Aufzug, deshalb musste er diesen Weg nehmen. Trotz seiner Wichtigkeit hatte er immer einen wohlwollenden Blick für Anouk übrig. Sobald eine Frau jung und hübsch war, ließ er sich nämlich dazu herab, sie anzuschauen. Wenn das schöne Geschöpf dann auch noch errötend den Blick senkte, war sein männliches Ego für den Rest des Tages befriedigt. Schade, dass er kaum noch Haare auf dem Kopf hatte, als junger Mann musste er gut ausgesehen haben.

Anouk betrat den Saal um 8.15 Uhr. Alle waren schon da und sahen sie verblüfft an.

»Da sind Sie ja endlich. Wir dachten schon, Sie würden nicht mehr kommen«, rief André Faillard. »Aber wir haben gerade erst angefangen.«

Die Gurke stand vor der Leinwand, auf der Anouks Power-Point-Präsentation zu sehen war. Das war es also! Ihr Vater hatte gewusst, dass die Konferenz vorverlegt worden war. Die Gurke hatte ihr nichts davon gesagt. Der Schuft hatte den unvollständigen Teil ihrer Präsentation kopiert, den sie ihm vor zwei Wochen zugeschickt hatte. Anouk hatte inzwischen alles geändert.

Die übrigen Teilnehmer saßen an dem langen Tisch vor Kaffeetassen und Schreibblöcken, um sich darauf Notizen zu machen, die sie nie mehr anschauen würden.

»Ihr Kollege hat sich netterweise angeboten, Ihren Part zu übernehmen«, erklärte André Faillard. »Aber jetzt sind Sie ja da und können Ihre Präsentation selbst vorführen. Dieses Vergnügen wollen wir uns doch nicht entgehen lassen, nicht wahr?«, sagte er mit verschwörerischer Miene zu seinen Untergebenen, die daraufhin grinsten, als wären sie seine Spießgesellen.

Anouk war nicht in der Stimmung für Scherze. Mit finsterer Miene musterte sie ihren Kollegen, der den Grund für ihre Verspätung nur zu gut kannte.

»Bitte, Anouk, mach weiter, ich fahre später fort«, sagte er höflich.

Anouk kochte innerlich vor Wut. Was für ein unverschämter Kerl! Sie hatte keine Lust mehr auf den Vortrag. Auf jeden Fall würde sie sich am besten aus der Affäre ziehen, wenn sie ihn einfach weitermachen ließe. Die Zahlen waren nicht auf dem neuesten Stand, er würde sich lächerlich machen.

»Nein, mach nur weiter. Das hast du ja ohnehin vorgehabt.« Anouks vorwurfsvoller Ton verbreitete Eiseskälte im Raum.

Als ob nichts wäre, lächelte der Kollege sein schönstes Lächeln und stützte sich lässig mit einer Hand auf dem Tisch ab.

»Nein, nein, mach schon.«

»Was soll denn das höfliche Getue«, unterbrach Faillard ungeduldig. »Fangen wir jetzt endlich an?«

Anouk stand zögernd auf. Sie würde keinen Skandal provozieren. Nicht sofort. Sie fing mit ihrer Präsentation an. Bevor sie auf Zahlen und Indikatoren zu sprechen kam, nannte sie die Ziele der Studie und fasste die aktuelle Situation zusammen. Um das Potenzial voll auszuschöpfen, musste man das Gesamtbild verstehen. In den ersten Minuten musterte Faillard Anouk genau. Er hörte ihr nicht zu, sondern schaute auf ihre Hände, die damit beschäftigt waren, eine hartnäckige Haarsträhne, die vor ihren Augen hing, beiseitezuschieben. Zu seiner großen Freude war die Strähne ziemlich widerborstig, immer wieder fiel sie zurück, was Anouk dazu zwang, diese typisch feminine Geste ein paar Mal zu wiederholen.

Es war stärker als er. Niemals sah er einen Mitarbeiter so an wie eine Mitarbeiterin. Das heißt, Männer sah er überhaupt nicht an. Ihre Haare oder Hände interessierten ihn nicht. Er fand sie weder schön noch hässlich, nur kompetent oder sympathisch.

Die siebte Folie zeigte die Probleme beim Export eines Produkts auf. Konnte man es auf einem fremden Markt an die gleiche Zielgruppe von Konsumenten bringen wie auf dem eigenen? War es leicht in einem anderen Land zu etablieren? Anouks Augen fixierten die von Faillard. Na endlich! Jetzt hörte er ihr zu. Sie hielt ihn bei der Stange. Ihre Präsentation lief wie am Schnürchen, sie deutete mit den Fingerspitzen auf wichtige Zahlen, machte deutlich, zog Schlüsse und lieferte Anschauungsmaterial.

Auf einmal war alles klar. Man musste aus diesem unglückseligen Produkt ein richtiges Spielzeug machen, nicht die originalgetreue Imitation eines echten Gewehrs für Kinder. Die Kleinen in Deutschland waren nicht die Enkelkinder von Jägern, sondern von Soldaten. Die Geschichte belastete deutsche Mütter, die ihren Kindern kein Kriegsspielzeug in die Hand geben wollten.

Anouk hob den Kopf und war bereit für Fragen. Den Anwesenden fiel nichts mehr ein. Sie hatte alles gesagt. Im Raum herrschte angespannte Stille. Es war jedes Mal dasselbe: Eine intelligente Frage nicht zu stellen, war eine verpasste Gelegenheit, sich ins Rampenlicht zu setzen, aber eine dumme Frage zu stellen, konnte einen im Handumdrehen blamieren. Über allen stehend, bereitete Faillard den stillen Selbstgesprächen ein Ende.

»Danke, Anouk. Ihre Präsentation war sehr gut, und wir sehen die Dinge jetzt klarer.« Er richtete seinen Blick auf ihren Kollegen. »Ich denke, jetzt sind Sie an der Reihe, um uns von der Konkurrenz zu berichten.«

»Ja«, antwortete Monsieur le Gurke, der wie ein braver Schüler bereits aufrecht dastand.

Er schloss die Präsentation von Anouk und öffnete seine eigene, die er auf einem USB-Stick gespeichert hatte. Sie umfasste 32 Seiten. Das hat aber nichts zu tun mit den acht Seiten, die er mir geschickt hat, dachte Anouk. Wie zu erwarten, hielt sich der aufgeblasene Kollege kerzengerade, die Schultern hochgezogen. Seine Stunde war gekommen. Er hatte die feste Absicht zu gefallen. Schon auf den ersten vier Seiten gelang es ihm, verschiedene Klangfarben seiner Stimme vorzuführen. Er brachte sogar einen kleinen Scherz unter, den er sich vermutlich schon am Tag zuvor ausgedacht hatte. Erneut war männliches Gelächter zu hören. Anouk hob die Augenbrauen. Soso ... Er machte auf humorvoll. Mit ihr hatte er nie gelacht. Gurke sprühte vor Temperament und tänzelte herum, als hätte er Gelenkfedern in den Beinen. Auch seine Präsentation schien Federn zu haben und war durch verschiedene Animationen angereichert, um zu demonstrieren, dass er Power Point aus dem Effeff beherrschte. Seine Laschheit hatte er abgelegt und beschlossen, aufs Ganze zu gehen.

Sie musste zugeben, dass er sich geschickt anstellte; die übrigen, weniger feinsinnigen Kollegen ließen sich von ihm hinters Licht führen. In den Augen der anderen Teilnehmer würde er am Ende als sympathischer, dynamischer, motivierter und motivierender junger Mann dastehen, der nur auf das Wohl der Firma bedacht war. Kurz, das Musterbeispiel eines modernen Angestellten.

In Wahrheit ging es ihm aber nur um seinen eigenen Vorteil. Anouk wunderte sich darüber, dass die Marketingleute sich von den Techniken blenden ließen, die sie selbst anwendeten: Sie wurden vom äußeren Schein verführt, der nichts anderes als eine schöne Verpackung war. Nur Faillard konnte mit diesem Benchmarkinggequatsche nicht beeindruckt werden. Diese jungen, ungeduldigen Männer, die sich so wichtig gaben, langweilten ihn sehr schnell. Sie waren alle gleich. Lieber beobachtete er Anouk aus dem Augenwinkel.

Sie versuchte nun nicht mehr, ihre rebellische Haarsträhne in Form zu bringen, sie spielte damit und wickelte sie um ihre Finger. Was bei dem 50-Jährigen ein diskretes Lächeln hervorrief.

37

An diesem Tag hatte Janine, die Gastwirtin, Narzissen als Dekoration gewählt. Das war zwar nicht sehr originell, aber jeder wusste längst, dass man in diesem Haus keinen Wert auf Originalität legte. Anouk saß am Fenster und wartete auf Hélène. Sie war seit halb zwölf da. Um die Zeit zu vertreiben, war sie ihrem Prinzip untreu geworden, sich nur am Wochenende einen Aperitif zu genehmigen. Aber Anouk setzte auf mildernde Umstände: Sie hatte schließlich etwas zu feiern. Sie hob ihr Glas und schaute dabei zur Zimmerdecke. Auf dein Wohl, Papa! Ich hoffe, du bist stolz auf mich. Im Spiegel gegenüber sah sie sich, wie sie mit einem Glas in der Hand einem Geist zuprostete. In diesem Moment war sie fast sicher, dass sie verrückt geworden war.

Gerade als Anouk ihr Glas wieder abstellte, tauchte Hélène auf.

»Ach so, man gönnt sich ja sonst nichts! Einmal kommst du als Erste und schon hast du einen Aperitif in der Hand«, spottete diese. Sie hängte den Riemen ihrer Handtasche über die Stuhllehne und nahm Anouk gegenüber Platz.

»Was nimmst du als Aperitif? Ich lade dich ein.«

Hélène bestellte einen Kir.

»Wir müssen aufpassen, dass das nicht zur Gewohnheit wird, wir müssen nachher ja noch arbeiten ...«

»Keine Sorge, es wird keine Gewohnheit werden.«

»Du wirkst so komisch? Verheimlichst du mir etwas?«

»Ich trinke auf meine Kündigung«, sagte Anouk und schaute Hélène tief in die Augen.

»Was? Du hast gekündigt?«

»Ja, vor einer Stunde. Nach dem Meeting. Das war nicht geplant, es ist mir einfach so herausgerutscht. Faillard und mein Boss waren gerade dabei, sich die nächsten Schritte des Projekts zu überlegen, und ich unterbrach sie, um ihnen mitzuteilen, dass sie ohne mich auskommen müssen.«

»Was? Das hast du getan?«, fragte Hélène, die es immer noch nicht fassen konnte.

»Ja. Ich hätte es nächste Woche sowieso gemacht. Und bei der Gelegenheit konnte ich es mir nicht verkneifen, meinem Kollegen eine vor den Latz zu knallen, der so tat, als würde er meine Kündigung bedauern. Faillard fand das übrigens sehr lustig. Jeder hat danach begriffen, dass ich seinetwegen zu spät zum Meeting gekommen bin. Der Beweis war, dass er meine Präsentation im Voraus kopiert hatte, als hätte er geahnt, dass ich nicht da sein würde. Nicht sehr clever von dem Typen …«

Anouk nahm einen Schluck und fuhr fort.

»Faillard hat versucht, mich von meinem Entschluss abzubringen. Er möchte, dass ich es mir am Wochenende noch einmal überlege. Aber ich bin mir meiner Sache sicher. Ich gehe.«

»Wir werden also nicht nur keinen Aperitif mehr trinken, sondern auch nicht mehr zusammen essen«, sagte Hélène traurig.

»Warum denn nicht? Ich bleibe noch zwei Wochen hier, wenn ich meinen Urlaub einrechne. Und danach werden wir uns weiter regelmäßig sehen.« Anouk hatte ihre Hand auf die von Hélène gelegt.

»Du weißt genauso gut wie ich, dass nichts daraus wird. Bei dem Stress, den wir haben, werden wir kaum Zeit finden, uns mal zu treffen.«

»Für dich werde ich immer Zeit haben. Du wirst schon sehen«, beteuerte Anouk, obwohl sie insgeheim wusste, dass Hélène recht hatte.

38

»Gehen Sie nicht! Bleiben Sie! Ihr heimlicher Verehrer.« Die Nachricht hatte sich wie ein Lauffeuer verbreitet. Anouk löschte die E-Mail nicht und schrieb zum ersten Mal eine Antwort.

»Sie flehen mich fast an. Aber warum denn? Ich habe Sie ständig ignoriert, und Ihre regelmäßig wiederholten Komplimente haben bei mir nichts ausgelöst als hin und wieder ein Lächeln, wie ich gestehen muss. Ich habe Ihnen nicht geantwortet, weil Sie mir Ihre Identität verheimlicht haben. Sie haben noch zwei Wochen Zeit, das zu ändern.

Ich glaube nicht, dass Sie es noch tun werden, dafür sind Sie zu feige. Jetzt sage ich Ihnen, was ich denke: Wir kennen uns bereits, und ich halte Sie möglicherweise für einen Idioten, deshalb bleiben Sie lieber im Dunkeln, in Sicherheit vor meinem Urteil. Wenn es so ist, muss ich mich bei Ihnen entschuldigen: Sie sind zwar feige, aber Ihre Feigheit zeigt, dass Sie weniger doof sind, als Sie aussehen müssen. Sie beweist, dass Sie Antennen haben.«

Sag mal, ist das nicht ein bisschen zu hart?, tadelte sie sich selbst. Der Typ hat dir doch nichts Böses getan. Es wäre blöd, wenn er sich jetzt umbringen würde ...

Sie löschte die letzten Zeilen und fing noch einmal an: »Es ist gut, dass Sie mir nicht sagen, wer Sie sind. Das würde sowieso nichts ändern. Ich verliebe mich nicht in einen Mann, bloß weil ich seinen Namen kenne. Aber merken Sie sich eines: Frauen machen sich nicht lustig über Männer, die es ernst meinen. Und seien Sie weniger stolz. Wenn man jemanden kennenlernt, läuft man immer Gefahr, enttäuscht zu werden. No risk, no fun. Ich hör jetzt auf, weil ich anfange,

Ihnen eine Moralpredigt zu halten, etwas, das ich hasse. Außerdem will ich weder hart noch nett zu Ihnen sein. Ich will gar nichts. Ich kenne Sie ja nicht.«

Anouk überflog ihre Mail. Bla, bla, bla ... Du hast ganz schön rumgeeiert, um einem Unbekannten zu sagen, dass du kein Interesse an ihm hast. Sie seufzte, als fände sie ihr inkonsequentes Verhalten selbst zum Verzweifeln. Als sie die Nachricht schließen wollte, erschien ein Fenster mit zwei Optionen: »Senden« und »Löschen«. Ohne zu zögern, klickte sie auf »Löschen«.

15 Uhr. Sie dachte an Yvan Barthes. Sie hatte nicht die Kraft, heute Abend mit ihm essen zu gehen. Sie war zu müde. Der Tag war noch nicht zu Ende, und Anouk hatte genug Aufregung gehabt. Der Aperitif beim Mittagessen hatte ihr den Rest gegeben. Barthes war ein Mann, dem man mit Ruhe begegnen musste, deshalb war es besser, das Treffen auf morgen zu verschieben. Sie rief ihn auf seinem Handy an. Keine Antwort. Umso besser. Erleichtert darüber, nicht mit ihm sprechen zu müssen, hinterließ Anouk eine Nachricht auf seiner Mailbox. Als sie auflegte, spürte sie das Tohuwabohu, das der Herzfrosch in ihrer Brust anstellte. Mensch, jetzt beruhig dich doch! Wieso hüpfst du wie ein Wahnsinniger herum? Der Typ ist nichts für mich. Viel zu arrogant! Morgen schick ich ihn zum Teufel.

Sie fuhr ihren Computer herunter und griff mit einer raschen Handbewegung nach ihrer Tasche. Schluss für heute, ich mach den Laden dicht! Energischen Schrittes ging sie zum Ausgang. Hab genug von den ganzen Deppen! Genug von dem Kollegen, von dem Verehrer und von Barthes! Lauter Idioten! Alle!, sagte sie zu sich. Morgen jag ich ihn zum Teufel. Es war ein Selbstgespräch, das mehr mit einer Übung in Autosuggestion zu tun hatte als mit echter Überzeugung.

39

Anouk hatte den Nachmittag dazu genutzt, Einkäufe zu erledigen. Sie war mit sich zufrieden, dass sie das Treffen mit Barthes abgesagt hatte. Das würde ihm auf die Sprünge helfen! Sie dachte nicht groß darüber nach, warum es sie mit Stolz erfüllte, ihn warten zu lassen, war sich aber eigentlich doch darüber im Klaren, dass ihr scheinbar gleichgültiges Verhalten vermutlich einen tieferen Grund hatte. Man erteilte einem Unbekannten schließlich nicht einfach so eine Lektion. Ich schon!, redete sie sich nun wieder ein. Außerdem traf es sich gut, denn am Abend würde sie bei Claire bleiben. Es war ihr letzter Abend, und sie wollte die Gelegenheit nutzen, um ein schönes Essen vorzubereiten.

Sie kam vollbepackt mit Tüten in der Wohnung an. Arthur begrüßte sie mit einem Katzenbuckel und stellte sich auf die Hinterpfoten, um sich an ihr zu reiben. Anouk machte sich nicht die Mühe, ihre Einkäufe aufzuräumen und den Mantel auszuziehen. Erschöpft wie eine alte Frau ließ sie sich auf den Küchenstuhl fallen. Arthur sprang sogleich auf ihren Schoß. Kaum hatte sie begonnen, ihn zu streicheln, dehnte er sich auch schon lang und breit. Offensichtlich bereiteten ihm Anouks Hände, die sein Fell kraulten, ein himmlisches Vergnügen. Der Kater fing an zu schnurren wie der Motor einer alten Ente. Er benahm sich verblüffend schamlos. Wenn er hätte sprechen können, hätte er sicher gesagt: »Nur zu, meine Liebe, streichle mich immerzu!« Anouk tat ihm gern den Gefallen, denn er nahm das Geschenk bereitwillig und ohne falschen Stolz an. Im Gegenteil, er forderte eine Zugabe. Jetzt lag er auf dem Rücken und streckte die Beine in die Luft. »Schämst du dich denn gar nicht, dich bei mir so anzubiedern?« Sie lächelte und musste an ihren Vater denken. Er hatte Arthur bestimmt gerne gestreichelt, denn der Kater hatte grenzenloses Selbstvertrauen und nicht die geringste Angst vor Tadel. Man musste zugeben, dass er mit Menschen umgehen konnte. Sie gab ihm einen Kuss und setzte ihn am Boden ab. »Genug jetzt mit der Schmuserei!«

»Ach du Scheiße!« Barthes hatte gerade seine Mailbox abgehört. Sein Kundengespräch hatte mehrere Stunden gedauert, doch die Vorstellung, das Wochenende mit Anouk zu beginnen, hatte ihn in gute Laune versetzt. Bevor er die Nachricht gehört hatte, hatte er im Aufzug sogar eine kleine Melodie gepfiffen. Es wurde kompliziert: Anouk hatte ihm vorgeschlagen, das Treffen auf den nächsten Tag am späten Nachmittag zu verschieben. Was ihn am meisten ärgerte: Sie wollte ihn in der Firma und nicht im Restaurant sehen. »Verdammter Mist! Was bin ich für ein Idiot!« Er schimpfte. Das war wirklich zu blöd. Wütend stieg er in seinen Wagen, fuhr los und gab dabei Vollgas.

40

»Hmm! Das hat wirklich toll geschmeckt. Du musst mir unbedingt das Rezept geben.« Genüsslich wischte Claire ihren Teller mit einem Stück Brot sauber.

»Hältst du dich für eine Geschirrspülmaschine? Das tut man doch nicht«, sagte Anouk mit leisem Tadel, obwohl sie froh über den Erfolg ihrer Kochkunst war.

»Wenn du nicht da wärst, würde ich die Platte auch noch abschlecken.«

»Das Gute bei dir ist, dass man keine Männer braucht, wenn du da bist. Du benimmst dich wie sie. Wie ein richtiges Schwein!«

Claire kicherte und rümpfte die Nase, um ein Schweinegrunzen nachzumachen. Die beiden Freundinnen platzten fast vor Lachen.

»Wir benehmen uns wie kleine Mädchen«, sagte Anouk mit scheinbar entrüsteter Miene.

»Nein, nein, wir sind einfach erwachsene Frauen, die sich nicht ernst nehmen. Und das meine ich ernst«, erwiderte Claire, wobei sie ihren Worten mit erhobenem Zeigefinger Nachdruck verlieh. »Es gibt nichts Schlimmeres als Leute, die sich die ganze Zeit wichtig machen. Eine Sorte Mensch, die man auf jeden Fall vermeiden sollte!« Sie tunkte ein Stück Brot in die Sauce. »Es gibt ernste Fälle, es gibt ernste Themen, über die man ernsthaft reden muss, aber jemand, der sich allzu ernst nimmt, was soll das? Das verstehe ich nicht.« Sie kaute auf ihrem Brot herum, doch es wollte nicht runter. »Außerdem, je mehr ich darüber nachdenke, desto verlogener finde ich sie. Das Ernste hat eine Ursache, und indem sie sich seiner bemächtigen, beanspruchen sie etwas, was ihnen nicht zusteht. Sie klauen sich Bedeutung.«

Anouk grinste und stand auf. Sie kam mit der Käseplatte zurück, schenkte Wein nach und schnitt zwei Scheiben Brot ab.

»Gut, lass uns jetzt über ein ernstes Thema sprechen. Anouk, bist du sicher, dass du morgen zu dir nach Hause willst?«

»Ja. Papas Tod ist jetzt drei Wochen her. Die Zeit hilft ...«

Schon drei Wochen. Sie musste an den Mann denken, der ihn auf dem Gewissen hatte. Anouk hatte nur eine vage Erinnerung an eine große Silhouette, die sich mit den Armen beide Seiten des schmalen Körpers rieb. Aber sie hatte ihn nicht wirklich wahrgenommen. Sie war bei ihrem Vater geblieben, während er bei der Polizei stand und alles zu erklären versuchte. Seine Arme, sie hatte immer noch seine Arme vor Augen, die so kraftlos herunterhingen, als würden sie Tonnen wiegen. Er sah niedergeschlagen aus. Er hatte sie am Tag nach der Beerdigung treffen wollen, aber sie hatte das abgelehnt. Weder Kraft noch Lust dazu. Sie war auch niedergeschlagen. Was konnte man zu einem schuldlos Schuldigen sagen? Sie hatte erfahren, dass er aufgrund einer Depression krankgeschrieben war. Sein Psychiater hatte sich bei ihr gemeldet, um sie zu fragen, ob sie ihm nicht wenigstens einen Brief schreiben könne, um ihn zu entlasten. Er ertrug es nicht, jemanden getötet zu haben, obwohl Augenzeugen bestätigten, dass er keine Schuld hatte. Im Unfallbericht hatte die Polizei angegeben, dass er mit nicht einmal 50 Stundenkilometern unterwegs gewesen war. Man konnte ihm nichts vorwerfen. Vielleicht sollte sie ihm aus Gewissensgründen schreiben. Sie war sich unsicher. Die Vernunft sagte ihr, dem armen Mann die Last des tödlichen Unfalls zu erleichtern, aber mit der Zeit war ihre Großherzigkeit einer gewissen Verbitterung gewichen. Er sollte ebenso leiden wie sie selbst. Wenn sie ihm überhaupt schreiben würde, dann würde ihr Brief jedenfalls nicht länger als zwei Zeilen werden. Sie würde ihm einfach mitteilen, dass er sich nichts vorzuwerfen habe, das war alles. Immerhin hatte er ihren Vater getötet.

»Hier, bedien dich«, sagte Claire und reichte ihr die Käseplatte.

Anouk nahm sich ein Stück vom Mimolette und vom Camembert aus Rohmilch.

»Ach ja, rate mal, wer mich heute angerufen hat«, fragte Claire, die sich ebenfalls etwas auf ihren Teller legte.

»Keine Ahnung.« Anouk tat so, als würde sie angestrengt nachdenken. »Hmm ... mal sehen, schau mir in die Augen!«

Claire sah ihre Freundin an und gab sich dabei große Mühe, nicht loszulachen. Anouk musterte sie mit ihrem Scannerblick.

»Ich weiß, wer dich angerufen hat. Der Geschäftsführer des Supermarkts. Der Blödmann, der mich von der Polizei verhaften lassen wollte«, sagte Anouk mit provozierender Miene.

»Wie hast du das denn erraten?«

»Kinderspiel. Steht dir ins Gesicht geschrieben.«

»Also gut, wir treffen uns nächste Woche. Am Mittwochabend.«

Sie schauten sich an und verstanden, dass das der Beginn einer Geschichte war. Schön oder nicht, das war im Moment egal, denn allem Anfang liegt ein Zauber inne ...

»Anouk, glaubst du wirklich, dass dein Vater dich noch ein letztes Mal anrufen wird?«

»Ja.«

»Und wenn er nicht anruft?«

»Er wird anrufen, davon bin ich überzeugt. Aber ich habe Angst davor. Ich weiß nicht, was ich ihm sagen soll. Das macht mich schrecklich traurig. Manchmal wäre es mir lieber, er wäre ein für alle Mal gestorben. Ich frage mich, wie die anderen das machen, um am Krankenhausbett die richtigen Worte zu finden. Bereiten sie sich vor? Schreiben sie sich im Voraus Sätze auf und lernen sie auswendig, um sie im Augenblick des Abschieds aufzusagen?«

Anouk machte eine Pause und fuhr dann fort.

»Ich glaube, man sagt in so einem Moment gar nichts oder nur Banalitäten. Man sagt nur selten das Wesentliche.«

Die Vorstellung eines verpfuschten Abschieds bereitete ihr Unbehagen. So wie allen Söhnen oder Töchtern, die bedauern, dass sie nicht mit ihren Vätern oder Müttern gesprochen haben, und sich bis zum Ende ihrer Tage damit herumquälen. Sie gehen an Allerheiligen zum Friedhof, murmeln mit leiser Stimme Gebete an stummen Gräbern und hoffen, dass sie von den Toten gehört werden. Aber tief im Innern wissen sie, dass es zu spät ist. Sie wissen nur zu gut, dass sie früher miteinander hätten reden sollen, als die Verstorbenen noch am Leben waren, als sie noch hören konnten, als noch Zeit war. Sie würden wer weiß was darum geben, wenn sie ein letztes Mal mit ihren Eltern reden könnten.

»Ich habe das Gefühl, dass ich die Chance, die man mir bietet, gar nicht zu schätzen weiß. Ich werde mich schlagartig ganz jämmerlich fühlen. Aber Papa wird mir verzeihen, oder? Er kennt mich und weiß, dass ich ein Talent dazu habe, das zu vermasseln, was unbedingt klappen muss.«

»Aber ja, dein Vater wird dich verstehen. Außerdem ist man in solchen Momenten vielleicht besser still.«

Schweigen und darauf warten, dass die Gefühle sprechen. Am Ende dient der Tod vielleicht dazu. Die Liebe bewusst zu machen, die sich im Innern eines jeden verbirgt.

Claire sagte mit sanfter Stimme: »Anouk, du wirst etwas sagen.«

»Glaubst du?«

»Ja, du bist so eine Quasselstrippe«, erklärte sie mit einem Lächeln.

Anouk konnte sich ein paar Tränen nicht verkneifen. Warme Tränen aus lauter Rührung. Nur Claire hatte die Gabe, sie aus ihr herauszulocken. Was würde sie nur ohne sie machen, ohne ihre ansteckende Fröhlichkeit? Vermutlich würde sie es wie alle anderen halten und sich das Weinen verbieten, aber immer traurig sein.

41

Anouk öffnete die Fenster ihrer Wohnung, um durchzulüften. Sie war regelmäßig gekommen, um nach ihrer Post zu sehen, hatte aber seit drei Wochen nicht daheim geschlafen. Der Abschied von Claire war ihr auf den Magen geschlagen. Die beiden hatten gute Miene zum bösen Spiel gemacht und scheinbar gut gelaunt gefrühstückt, aber die traurige Stimmung war nicht zu übersehen gewesen. Sie kannten sich allzu gut. Obwohl sie nur zehn Minuten voneinander entfernt wohnten, hatten sie das Gefühl gehabt, sich für lange Zeit trennen zu müssen. Sie hatten begriffen, dass etwas zu Ende gegangen, dass die Stunde des Abschieds gekommen war. Anouk hatte Claire einen Kuss gegeben, das Herz zugezurrt wie eine Reisetasche und war zu sich nach Hause gefahren.

Allmählich würde sie wieder ein normales Leben führen, sie würde das große Mädchen spielen, das alleine zurechtkommt und mit beiden Beinen auf dem Boden steht, das glücklich sein kann, obwohl sein Vater in einem Erdloch verschwunden ist.

Arthur war das Einzige, das nicht in eine Tasche mit Reißverschluss gepasst hatte. Das war sein Glück, er konnte seine Ferien um ein paar Tage verlängern. Auf jeden Fall durfte sein normales Leben ruhig noch ein wenig warten. Anouk wollte ihn bei Claire lassen, bis sie einen Korb für ihn gefunden hatte. Außerdem hatte sie bemerkt, dass Claire längst an ihn gewöhnt war. Sie würde ihn Mitte der Woche holen oder später, mal sehen. Es gab keine Eile, denn man konnte nicht sagen, dass der Kater versessen darauf gewesen wäre, mitgenommen zu werden. »Hast du gesehen? Es ist ihm völlig wurst, dass du ohne ihn gehst«, hatte Claire mit spöttischem Ton gesagt, um die Situation zu entspannen. Claire ... Claire, die immer alles tat, damit es ihr gut ging.

Sie sortierte ihre Post, warf die Reklame weg und öffnete der Reihe nach die Rechnungen. Dabei stieß sie auch auf ihre Handyrechnung. Sogleich suchte sie die Nummer ihres Vaters und fand sie tatsächlich. Sogar die Gesprächsdauer war vermerkt: drei Minuten und 32 Sekunden. Wenn das kein Beweis war! Sie hatte ihn eines Abends, als sie allein bei Claire war, angerufen. Ohne das kleinste Anzeichen von Verwunderung legte sie die Rechnung auf dem Tisch ab, gerade so, als habe sie sich schon an das Unmögliche gewöhnt. Sie stand auf und schloss die Fenster. Auf dem Anrufbeantworter warteten drei Nachrichten. Die zuständige Bankangestellte ihres Vaters wollte sie sprechen, ebenso eine gewisse Madame Sanier. Es dauerte ein paar Sekunden, bis Anouk begriff, dass sie die Mieterin einer Wohnung ihres Vaters war. Die letzte Nachricht war von Mickaël. Er hatte aufgehört, witzig zu sein. Er fragte sich zum x-ten Mal, was sie die ganze Zeit mache. Sie nahm sich fest vor, ihn am nächsten Tag anzurufen. Morgen war Sonntag, da hatte sie Zeit.

Eine Stunde später war sie unterwegs zu dem Treffen mit Barthes. Sie war ziemlich verwirrt. War sie nervös oder aggressiv? Oder beides auf einmal? Meine Liebe, auf jeden Fall musst du dich erst mal beruhigen! Sie sprach zu sich selbst und wandte sich gleichzeitig an ihr Herz, das Riesensprünge machen würde, wenn sie es nicht zur Ordnung riefe. Es benahm sich immer noch wie ein Frosch ... Eines Tages würde es ihren Brustkorb sprengen und sich draußen wiederfinden, auf dem Trottoir, beschämt darüber, an der frischen Luft zu sein. Anouk grinste. Sie erzählte sich gern absurde Sachen. Das half ihr, sich zu entspannen. Du bist doch nicht etwa verliebt?! Ich? Sicher nicht! Höchstens darauf versessen, ihn fortzujagen!

Um sich abzulenken, schaltete sie das Radio an. Sie hatte Glück, denn der Sprecher hatte eine fesselnde Stimme. Er interviewte ein Justizopfer. Das Rechtssystem war dermaßen ungerecht, dass Anouk mit der armen Frau mitfühlte, die ihren Bericht regelmäßig mit Schluchzern unterbrach. Das Unglück der anderen lässt uns das unsrige vergessen. Auf dem Firmenparkplatz angekommen, blieb sie noch in ihrem Wagen sitzen, um das Ende der Geschichte zu hören. Ah, das klang schon besser! Zum Schluss hatte man der Dame recht gegeben.

Im Bürogebäude angelangt, warf sie einen Blick in das Büro von Madame Duval und war erleichtert, zu sehen, dass diese nicht da war, um am Samstagnachmittag Überstunden zu machen. Sie nahm wie immer zwei Stufen auf einmal und ging direkt zum Büro ihres Vaters. Sie suchte ihren Schlüsselbund heraus und hatte das Türschloss noch nicht erreicht, als eine Stimme ertönte: »Wer kommt denn da, ohne mir Hallo zu sagen?«

Jean stand im Türrahmen zu seinem Büro und strahlte.

»Hallo, Jean. Entschuldige, ich wusste nicht, dass du heute hier bist.« Anouk erwiderte sein Lächeln.

»Ich vermeide es normalerweise, am Wochenende herzukommen, aber wenn ich nichts Besseres vorhabe, schaue ich samstags manchmal für zwei Stunden vorbei. Es gibt immer was zu tun, wie du weißt. Und du, Anouk, was führt dich hierher?«

Was für einen Blödsinn mache ich denn da? Wie konnte ich nicht einmal an Jean denken? Jede Entscheidung muss mit ihm abgesprochen werden, und sobald ich mit Barthes irgendwie ins Geschäft komme, muss ich Jean im Voraus darüber informieren. Das ist klar! Anouk ärgerte sich über sich selbst, weil sie aus Stolz so dumm gewesen war.

Yvan Barthes setzte seinen Helm auf und stieg auf seine schwere Maschine. Das Treffen in der Firma gefiel ihm überhaupt nicht. Weil er sich aus Stolz tölpelhaft benommen hatte, nahm die Begegnung mit Anouk Deschamps eine Wendung, die er nicht beabsichtigt hatte. Außerdem befürchtete er, Jean im Büro zu begegnen. Wie sollte er ihm erklären, dass er sich mit Anouk in der Firma traf, ohne ihn zu der Verabredung eingeladen oder ihn zumindest darüber informiert zu haben? Er hoffte, dass seine Motorradklamotten dem Treffen einen weniger offiziellen Anstrich verleihen würden.

Er fand Anouk und Jean im Büro von Louis Deschamps vor. Sie saßen am großen Tisch und unterhielten sich wie alte Freunde. Sie fühlten sich wohl zusammen, das sah man sofort.

»Guten Tag. Ich hoffe, ich bin nicht zu spät dran? Ich hatte mir 18 Uhr notiert.«

»Guten Tag«, antwortete Anouk mit gleichgültiger Miene. »Nein, Sie sind nicht zu spät dran. Ich bin früher gekommen. Außerdem habe ich Jean vorgeschlagen, unserem Treffen beizuwohnen.«

»Eine sehr gute Idee«, beeilte sich Barthes anzumerken.

»Vielen Dank, aber ich habe noch zu tun, und außerdem kenne ich die Unterlagen schon. Aber ich finde es sehr gut, dass Sie Anouk im Detail erklären, was wir für die Zukunft geplant haben. Ich habe Anouk zum Abendessen eingeladen. Wollen Sie uns Gesellschaft leisten? Dann könnten wir noch im Restaurant miteinander reden.«

Verblüfft sahen sich Anouk und Barthes an.

»Das ist nett, aber ich möchte nicht stören, und außerdem wartet zu Hause jede Menge Arbeit auf mich.«

»Aber Sie stören überhaupt nicht. Stimmt doch, Anouk?!«

»Aber nein, Sie stören nicht«, sagte sie notgedrungen mit kühlem Blick und machte damit klar, dass sie nicht darauf bestand, dass er mitkam.

»Also gut, wenn Sie wirklich wollen, nehme ich die Einladung an.«

»Sehr gut. Ich gebe Ihnen eine Stunde Zeit, nicht mehr.« Jean erhob sich und schloss die Tür hinter sich.

Yvan Barthes legte seinen Helm ab und nahm gegenüber von Anouk Platz.

»Ich möchte Sie darauf hinweisen, dass wir Sie nicht gedrängt haben«, bemerkte sie.

»Das stimmt nicht ganz. Sie haben nicht gedrängt, aber Jean schon. Außerdem hat es mich gereizt, das zu sagen. Ich wusste, dass Sie das nicht hören wollten.«

Er holte eine Aktenmappe aus seinem Lederrucksack und schaute Anouk tief in die Augen. Sie musterten sich, ohne ein Wort zu sagen.

»Also gut, fangen Sie an«, sagte sie mit ernstem Ton. Ihr Gesicht blieb dabei starr wie die Narbe, die plötzlich wie ein unschöner Strich auf der glatten Haut aussah.

Barthes fing mit der finanziellen Situation der Firma an. Sie stand gut da, aber man musste an die Zukunft denken. Man hatte notwendige Strategien vereinbart, die vor allem dazu dienten, die Kosten zu senken. Barthes nahm sich die einzelnen Bereiche der Firma vor, um die aktuellen Produktionsausgaben genau zu beziffern. Anouk hörte aufmerksam zu. Barthes kannte das Unternehmen sehr gut und beantwortete ihre Fragen mit Sachverstand. Ihr Vater und Jean hatten geplant, einen Teil der Produktion zu verlagern, um billiger produzieren zu können. Indem man einen Teil der Aktivitäten außer Haus gab, konnte sich das Unternehmen außerdem auf das Kerngeschäft konzentrieren: die Montage und den Verkauf.

Die Länder, an die sie gedacht hatten, waren Indien und Vietnam. Nachdem Barthes die Unternehmensziele und Prognosen präsentiert hatte, ging er auf die operative Planung ein.

Anouk war fasziniert von dem Thema, die Zeit verging wie im Flug, und fast mit Bedauern hörte sie, dass Jean an die Tür klopfte.

»Gehen wir?«

»Ja, gleich«, antwortete Barthes. Er lächelte Anouk an und schloss seine Mappe.

»Danke. Das war interessant«, sagte Anouk – diesmal freundlich – zu ihm.

»Gern geschehen.«

Wenn er gekonnt hätte, hätte Yvan Barthes vor Erleichterung geseufzt. Es war ihm gelungen, die Situation zu entschärfen, Anouk hatte sich offensichtlich beruhigt. Als sei nichts gewesen, erhoben sich die beiden, schlossen die Tür hinter sich und folgten Jean Martinée. Diskret nutzte Barthes die Gelegenheit, um Anouks Figur in Augenschein zu nehmen. Er senkte den Kopf und stellte fest, dass sie ihm immer noch sehr gefiel.

42

»Vorsicht, heiß!« Der Kellner stellte einen glühend heißen Teller vor Anouk ab. Sie saß neben Jean, Barthes gegenüber. Zu Beginn des Essens tauschten sie verstohlene Blicke aus, die sich nur kreuzten, wenn ein Satz zwischen ihnen gewechselt wurde. Sie achteten so sehr darauf, einander nicht zu beachten, dass jeder Beobachter mit ein bisschen Sinn für Psychologie das kleine Spiel durchschaut hätte: »Schau, wie ich dich ignoriere!« oder »Du machst mich weder heiß noch kalt«.

Barthes vermied einen vertrauten Ton und griff geschäftsmäßig das Thema des Treffens wieder auf: die Zukunft des Unternehmens. Zumindest da bewegte er sich auf sicherem Terrain, und außerdem wusste er, dass seine Kompetenz dort beeindrucken konnte, wo sein Charme nicht mehr ausreichte. Es würde ihm an diesem Abend nicht gelingen, sich mit Anouk Deschamps über geistreiche Dinge auszutauschen, er musste sie ignorieren und über Geschäfte sprechen. Also ging es um Zahlen und Zukunftspläne, die er mit Jean ausgearbeitet hatte. Die beiden Männer unterhielten sich lautstark, tranken zwischen zwei Sätzen Wein, kommentierten ihre Speisen, fragten den Kellner nach Brot. Er sollte ihnen auch den Salzstreuer bringen. Es hatte den Anschein, dass sie zufrieden waren und das Thema sie inspirierte, denn sie sprachen mit vollem Mund. Innezuhalten, um zu kauen und zu schlucken, hätte die flüssige Unterhaltung unterbrochen. Die Ideen sprudelten nur so hervor, und sie fanden sie überaus interessant, auf jeden Fall viel wichtiger als gute Manieren.

Anouk amüsierte sich über ihre Ungezwungenheit. Irgendwie fand sie die beiden lustig. In ihrer Gesellschaft fühlte sie sich wohl. Sie war locker und frei von Anstandsregeln. Das Eis war endgültig gebrochen, als sie erkannte, wie nahe die beiden Männer ihrem Vater immer noch waren. Sie nahmen seinen Namen unablässig in den Mund. Anouk hörte ihnen zu und beobachtete Barthes aufmerksam. Er sah gut aus, und er aß gern. Er bemerkte es, und endlich lächelten sie sich an. Endlich sahen sie sich direkt an, tief in die Augen, ohne Angst. Es war, als ob sie mit einem Mal realisieren würden, dass sie aus diesem Grund gekommen waren, um sich zu treffen. Anouk hatte ihren Stolz vergessen, Barthes seinen Hochmut. Und jetzt, da sie von ihren Panzern befreit waren, konnten sie sich in aller Ruhe mustern. Ihr neuer Wagemut erschreckte sie aber auch ein wenig. Manchmal senkten sie die Augen, um sie gleich darauf wieder vorsichtig und schräg von unten zu heben, begierig, einander anzuschauen. Sie stellten am Blick des Gegenübers fest, dass alles gut war, und da alles gut war, lächelten sie sich erneut an. Ein stilles Einverständnis signalisierte, dass sie heute Abend nichts anderes tun würden. Sie mussten sich keine Mühe mehr geben, über Wachstumsprognosen zu diskutieren. Jean gab die Themen vor, und sie mussten sie nur aufgreifen. Auch wenn sie sich nicht mehr aus den Augen ließen, war doch ein Minimum an Aufmerksamkeit nötig, um Jean zu antworten, damit er sich nicht düpiert fühlte. Mitunter wandte sich Anouk ihm zu, was Barthes die Möglichkeit gab, ihr Profil zu betrachten. Ihre kleine hübsche Nase harmonierte perfekt mit ihrem Gesicht. Und diese winzige Narbe, die wie ein Grübchen aussah, wenn sie lächelte. Er fand diese Narbe hinreißend, ja, alles an ihr war hinreißend. Zum Glück sah sie Jean nicht allzu lange an. Wenn sie sich schließlich wieder ihm zuwandte und sich ihr Blick aufs Neue in seinen versenkte, war es, als hätten sie sich nach langen Jahren wiedergefunden. Wenn sie ihn ansah, gehörte sie ihm. Oder war es umgekehrt? Er war gebannt von ihrem Blick, von der Bewegung ihrer Haare, vom Tanz ihrer Hände. Ein mildes Licht umspielte ihr Gesicht, sie leuchtete, er schmolz dahin. Er war glücklich.

Yvan Barthes ging allein zu seinem Motorrad. Das Abendessen war viel zu schnell zu Ende gegangen. Jean hatte darauf bestanden, sie einzuladen, und als sie auseinandergingen, versprachen sie sich, so ein Treffen bald zu wiederholen. Anouk war in ihr Auto gestiegen und in die Dunkelheit gefahren. Sie war vielleicht schon in ihrer Wohnung, und er war hier, ganz allein wie ein Stein. Barthes hielt inne, er hatte keine Lust, zu sich nach Hause zu fahren. Er griff nach seinem Handy und suchte im Adressbuch die Nummer von Anouk. Der magische Name der jungen Frau leuchtete in Orange auf. Anouk Deschamps, Anouk Deschamps ... Er atmete tief ein und drückte auf die grüne Taste.

»Hallo«, meldete sie sich.
»Barthes am Apparat.«
Stille.
Er fuhr fort.
»Sind Sie zu Hause?«
»Ja, ich bin gerade angekommen.«
»Wo wohnen Sie genau?«
»In der Rue des Rosiers, Nummer 10.«
»Ich komme.«

Mit klopfendem Herzen legte Anouk auf. Sie lehnte sich an die Eingangstür, die Augen geschlossen. Er hatte angerufen. Offensichtlich hatte er vor nichts Angst. Welche Kühnheit! Was für ein Mut! Und sie? Sie hätte das niemals gewagt. Aber jetzt erwartete sie ihn schon. Er saß auf seinem Motorrad und fuhr zu ihr. Bald würde er hier sein. In fünf Minuten. In fünf Minuten! Ein Anflug von Panik erfasste sie. Sie stürzte ins Badezimmer, hob die herumliegende Unterwäsche auf, stopfte sie in den Wäschekorb, wischte mit einem Schwamm übers Waschbecken, schloss trotzdem vorsichtshalber die Tür, damit er den Rest nicht sah. Dann ging sie zur Küche, räumte ihr Kaffeegeschirr in die Spülmaschine ein, hastete wieder zurück ins Badezimmer, um sich zu frisieren, spurtete ins Wohnzimmer, verstaute die CDs und Zeitschriften, die auf dem Parkett herumflogen, im Schrank und drapierte die Kissen auf dem Sofa.

Noch einmal eilte sie ins Badezimmer, um ihre Frisur zu überprüfen, sprühte sich Parfum hinter die Ohrläppchen, fluchte, weil sie zu viel erwischt hatte. Er würde Kopfschmerzen bekommen, wenn er sie küsste. Nur deswegen kam er ja! Er würde sie küssen, garantiert! Ihre Panik wurde noch größer. In diesem Moment klingelte es an der Tür.

Sie war noch nicht so weit! In wenigen Sekunden würde sie aufmachen und er vor ihr stehen. Sie bekam Angst, als sie seine Schritte auf der Treppe hörte, und öffnete ihm, bevor er nochmals klingeln konnte.

»Ich hatte keine Lust, nach Hause zu fahren.«

Mit einem Lächeln bat Anouk ihn, einzutreten. Als sie sich ihm wieder zuwandte, nachdem sie die Tür geschlossen hatte, stand er noch da wie zuvor und versperrte ihr den Durchgang mit der Selbstsicherheit eines Mannes, der niemals die Schmach einer Zurückweisung erfahren hatte. Sie stammelte etwas vor sich hin. Ohne ein Wort zu sagen, nahm er ihr Gesicht in die Hände und küsste sie. Sie ließ es geschehen, schlang ihre Arme um den fremden Körper, der sich schon an sie drängte. Jetzt fuhr er mit seinen Fingern durch ihre Haare, ohne den Kuss zu unterbrechen. Instinktiv hatte sie die Augen geschlossen, um seine Lippen besser schmecken zu können. Eine Gänsehaut lief ihr über die Arme und den Rücken. Da klingelte das Telefon. Einmal, zweimal ... Sie zögerte leicht und zog Barthes dennoch zu sich heran. In der Körpersprache hieß das so viel wie: Vergiss das Telefon und mach weiter! Beim vierten Mal schaltete sich der Anrufbeantworter ein.

»Hallo Anouk, ich bin's, Claire. Los, heb schon ab. Also gut, offensichtlich bist du nicht daheim. Ich wollte nur wissen, wie das Treffen mit deinem Yvan Blödmann gelaufen ist. Ich hoffe, du hast ihn zum Teufel gejagt! Rufst du mich an, meine Liebe? Bis morgen.«

Barthes machte einen Schritt zurück.

»Bin ich der Blödmann, den du zum Teufel jagen sollst?«
Anouk nickte schuldbewusst.

43

Anouk trank ihren Milchkaffee. Sie hielt ihre Tasse in der Hand und starrte ins Leere. Sie sah aus wie eine Geisteskranke, die eine Lobotomie hinter sich hat. Ein bisschen wie Jack Nicholson in *Einer flog über das Kuckucksnest*. In den Filmen summen verliebte Frauen am nächsten Morgen immer hübsche Melodien und stellen Blumen auf den Frühstückstisch. Anouk saß reglos da, die einzig sichtbare Bewegung war, dass sie ihre Tasse zum Mund führte. Sie dachte an den vorherigen Tag, an den Abend, an den Moment, wenn er sie abholen würde. Dieser Mann trat einfach so in ihr Leben, und sie konnte nichts dagegen tun. Ihr fiel ein Zitat von Victor Hugo ein, auf das sie per Zufall im Internet gestoßen war: »Das erste Anzeichen von wahrer Liebe ist bei jungen Männern Schüchternheit und bei jungen Frauen Wagemut.« Verflixt! Man konnte nicht sagen, dass er gestern Abend sehr schüchtern gewesen war ... Er war also nicht verliebt ... Doch andererseits war er zu Beginn des Abendessens schüchtern gewesen; also gut, schüchtern war vielleicht übertrieben, man könnte sagen vorsichtig. Außerdem sprach Hugo von jungen Männern. Er war kein junger Mann mehr, sondern ein Mann.

Er hatte nicht beleidigt darauf reagiert, dass er als Blödmann tituliert wurde. Man musste auch zugeben, dass sie alles getan hatte, um ihn dies vergessen zu lassen. Sie war sogar versucht gewesen, ihm zu erklären, warum Claire zu diesem unglücklichen Schluss gekommen war, aber sie hatte rasch begriffen, dass er keine beruhigende Erklärung brauchte. Ihre leidenschaftlichen Küsse waren als Argumente überzeugend genug gewesen.

Das Telefon klingelte. Anouk zuckte zusammen. Es war Claire.

»Hab ich dich geweckt?«

»Nein, ich bin gerade beim Frühstücken.«

»Was ist? Hast du ihn in die Wüste geschickt?«

»Nein ...«

»Hmm, hab ich mir fast gedacht. Lass mal hören!«

»Das wird nicht leicht. Ich hab den Eindruck, eine Überdosis Amphetamine geschluckt zu haben. Ich befinde mich in einem komaähnlichen Zustand der Ekstase. Verstehst du?«

»Nein.«

»Claire, ich glaube, ich habe mich verliebt.«

»Jetzt ist mir alles klar: Du bist in Yvan Dingsbums verliebt?«

»Ja, in Yvan Dingsbums.« Anouk musste zum ersten Mal an diesem Morgen lächeln.

»Aber was ist denn genau passiert?«

»Ich habe keine Zeit, dir das zu erklären. Wir fahren zum Mont Saint-Michel. Er kommt in einer halben Stunde, und ich bin noch nicht fertig. Wenn du sehen könntest, was ich für einen Kopf habe. Nur ganz kurz: Du hättest mir gestern mit deinem Anruf beinahe den Abend vermasselt.«

»Ach, wieso denn?«

»Das erzähle ich dir morgen.«

44

Die Magie des Vorabends wirkte noch. Als sie ihn mit einem breiten Lächeln auf den Lippen vor ihrer Tür sah, konnte sie nicht anders, als sein Gesicht zu berühren. Er ließ es geschehen wie ein wildes Tier, das gerade erst gezähmt worden war.

»Hast du gut geschlafen?«, fragte er sie.

»Ja, sehr gut«, antwortete Anouk. Sie wollte ihn nicht verschrecken, indem sie ihm von ihrer schlaflosen Nacht berichtete. Sie war verliebt, aber deswegen musste er noch lange nicht wissen, in welchem Zustand sie sich jetzt befand.

»Und du, hast du gut geschlafen?«

»Nein«, grinste er. »Ich habe die ganze Nacht kein Auge zugemacht.«

Er sagte das einfach so, mit einem Lächeln, ohne sich zu genieren. Tatsächlich, er hatte Angst vor nichts.

Möwen führten über dem einsamen Felsen im Wasser ein Ballett auf. Das Meer war ruhig an diesem Tag, die toten Algen auf der Mole ließen ihre frühere Farbe kaum erahnen. Anouk saß verträumt mit angezogenen Knien da. Sie bewunderte die Bucht des Mont Saint-Michel, in der sich unbezwingbares Wasser ausbreitete. Das Meer war mit den großen Bäumen in Kalifornien seelenverwandt. Gelassen und schweigsam schwappte es seit Urzeiten vor sich hin und sah die Menschen kommen und gehen. Barthes saß neben ihr und hatte einen Arm um ihre Schultern gelegt. Eine leichte Brise hatte seine braunen Haare durcheinandergebracht. Er sah auch unfrisiert gut aus. Die wilde Frisur und sein Dreitagebart gaben ihm etwas von einem Abenteurer. In dem

Moment, als Anouk seinen verlorenen Blick bemerkte, dachte sie, dass er wohl vom offenen Meer träumte. Sie lehnte ihren Kopf an seine Schulter und überließ sich ihrer Müdigkeit, die sich aufs Angenehmste mit dem Schlag der Wellen mischte. Sie fühlte sich gut.

Ein kleines Mädchen am Strand zog ihre Aufmerksamkeit auf sich. Sie hielt eine Schaufel in der rechten Hand und einen Eimer in der linken. Ein T-Shirt schützte sie vor Sonne und Wind. Darunter trug sie einen geblümten Badeanzug und an den Füßen rote Plastiksandalen, die einen tollen Kontrast zu ihren bleichen Kinderbeinen bildeten. Zwei winzige Zöpfe baumelten an ihrem hübschen Kopf, nur eine vergessene Strähne flatterte im Wind. Voller Konzentration füllte sie den Eimer mit der Schaufel, die sie ganz schief hielt. Angesichts der Energie, die sie darauf verwandte, hätte man denken können, es handle sich um ein großartiges Bauprojekt und nicht um ein simples Spiel. Sobald der Eimer voll war, klopfte sie den Sand fest und warf dann mit einer brüsken Bewegung die Schaufel weg, die nun nutzlos geworden war. Jetzt wagte sie sich an die nächste, entscheidende Etappe. Sie nahm den Eimer mit beiden Händen, versuchte, ihn hochzuheben und auf die Beine zu kommen. Aber nur ihr kleiner Po ging nach oben, der Eimer bewegte sich keinen Zentimeter. Anouk musste lächeln. Das Mädchen ließ sich nicht entmutigen. Es wiederholte die Übung, hockte sich hin, umarmte den Eimer und strengte sich mithilfe seiner zwei Beine an. Hoppla, der zweite Versuch ging auch daneben. Sobald die Kleine losließ, fiel sie auf den Hintern. Sie rappelte sich wieder auf und blickte den Eimer herausfordernd an, der sich standhaft widersetzte. Sie wollte sich mit dem Handrücken den Sand wegwischen, der an ihrem Gesicht klebte, machte dabei aber alles noch schlimmer. Jetzt hatte sie auch noch Sand im Mund. Sie zog eine Grimasse, spuckte aus und schluckte den Rest hinunter. Sie war bereit zu einem dritten Versuch. Dieser Zwerg hat einen eisernen Willen, dachte Anouk. Dieses Mal hielt sie sich aufrecht auf den Beinen, beugte sich zum Eimer, um ihn nur mit der Kraft ihrer Arme zu heben. Sie machte eine zu schnelle Bewegung, verlor das Gleichgewicht, fiel kopfüber hin und der Eimer gleich mit ihr. Doppeltes Pech, denn jetzt war er wieder leer. Die Ärmste hatte nicht mehr die Kraft, noch mal aufzustehen. Mit den Händen auf den runden Knien saß sie da und begutachtete den auf den ersten Blick irreparablen Schaden. Anouk suchte den Strand ab, die Eltern der Kleinen konnten nicht weit sein. In 100 Metern Entfernung sah sie ein Pärchen auf Badetüchern liegen. Ein gelb-weiß gestreifter Sonnenschirm schützte ihre Köpfe. Das mussten sie sein, denn sie beobachteten das Mädchen, statt in ihren Zeitschriften zu lesen.

»Ich hol was zu trinken. Hast du Durst?«, fragte Barthes und küsste Anouks Haar.

»Nein, danke.«

»Bist du sicher?«

»Ja. Geh ruhig. Ich bleibe hier.«

Vorsichtig befreite sich Barthes und stand auf. Anouk sah ihm nach, während er den Strand links entlanglief; in der Ferne sah man einen Kiosk. Sie legte sich hin und stützte sich mit dem Ellbogen ab. Erneut wandte sie ihren Blick dem Mädchen zu, das sich in der Zwischenzeit aufgerappelt hatte, um sich wieder an die Arbeit zu machen, deren Sinn und Zweck nur Kinder verstanden. Während sie die Kleine beobachtete, wurde ihr ganz warm ums Herz. Das Meer, die Müdigkeit, gemischt mit dem frischen Gefühl der Verliebtheit, das alles versetzte sie in einen Zustand des Wohlbehagens.

Vielleicht fühlte sich Glück so an. Sie dachte an ihre eigene Kindheit, an ihre Mutter, die viel zu früh gestorben war, und an ihren Vater. An die erlösenden Worte, die sie ihm noch sagen wollte, damit er die ewige Ruhe finden konnte. Sie kramte mit den Händen tief unten in ihrer Handtasche und fischte ihr Handy heraus. Jetzt war der richtige Zeitpunkt, mit ihm zu sprechen. Ohne weiter nachzudenken, nahm sie das Handy und wählte kurzentschlossen seine Nummer.

Sie vernahm den ersten Ton und hielt den Atem an. Ihr Haar flatterte im Wind. Sie legte ihre linke Hand auf das freie Ohr, um besser zu hören. Es klingelte zum dritten Mal. Und wie durch ein Wunder wurde erneut eine Verbindung hergestellt. Sie spürte eine Anwesenheit.

»Papa?«

Stille.

»Papa? Hörst du mich?«, fragte sie vorsichtig. Ihre Stimme zitterte leicht.

Die Stille hielt an, aber jemand war da. Sie konnte es spüren.

Plötzlich ertönte am anderen Ende der Leitung ein vertrautes Geräusch: Eine Wanduhr schlug vier Mal. Vor Schreck erstarrte Anouk. Zitternd überprüfte sie die Nummer auf dem Display ihres Handys. Es war zwar die ihres Vaters, doch irgendetwas stimmte nicht. Diese Wanduhr kannte sie nur zu gut, ihren Gongschlag hatte sie 1 000 Mal in der Wohnung gehört, in der sie schon viele Stunden verbracht hatte.

»Jean? Bist du das?«

Sie hielt inne, gespannt auf das kleinste Geräusch.

Endlich eine Stimme: »Ja, ich bin's.«

Die Worte wirkten wie ein Donnerschlag.

»Wie ist das möglich?«, fragte sie erstickt. »Papas Handy ist doch im Sarg.«

»Nein, Anouk. Du hast nicht sein Handy in den Sarg gelegt, sondern meines.«

Anouk schlug die Hand vor den Mund.

Jean fuhr fort.

»Am Tag des Unfalls hatten dein Vater und ich eine Besprechung, bevor er dich im Restaurant treffen wollte. In der Eile hat er nicht aufgepasst und aus Versehen mein Handy eingesteckt. Sie sehen praktisch gleich aus. Das habe ich erst am Abend bemerkt, als Louis schon im Krankenhaus war. Als ich gesehen habe, wie du in der Kirche das Handy in den Sarg gelegt hast, war mir klar, dass es meines war. Aber ich hatte nicht den Mut, es wieder herauszunehmen. Du hast so traurig ausgeschaut. Ich wollte es dir nicht sagen.«

Jean machte eine Pause, aber Anouk blieb still. Tränen liefen ihr über die Wangen.

Nach einer Weile fuhr er fort: »Ich hatte nicht die Absicht, es zu benutzen oder zu antworten, glaub mir. Aber dann kamen diese Anrufe, die mir das Herz zerrissen haben. Du hast deinen toten Vater angerufen. Beim ersten Mal saß ich bei mir zu Hause, als das Handy auf dem Esstisch zu vibrieren begann. Ich bin nicht rangegangen. Du hast eine Nachricht hinterlassen.«

Anouk musste an den Tag denken, als sie zusammen mit Claire und Catherine angerufen hatte.

Jean hob wieder an.

»Und dann kam der zweite Anruf. Ich habe die Nummer von der Wohnung deines Vaters erkannt. Ich wusste, dass du es warst. Da habe ich geantwortet. Ich weiß nicht, warum. Vielleicht hätte ich es dir noch erklärt, aber du hast vor Schreck schnell wieder aufgelegt. Außerdem habe ich gespürt, dass du seinen Tod nicht wahrhaben wolltest und der Gedanke, dass er noch irgendwo existierte, dich getröstet hat. Es war dumm von mir.«

Anouk war nicht wütend, sondern fühlte eine große Traurigkeit in sich hochsteigen. Die Wahrheit war grausam.

»Du hast mich die ganze Zeit angelogen?«

»Ich wollte dir nicht wehtun, und ich wusste nicht, wie ich es dir beibringen sollte. Ich habe gehofft, dass die Anrufe eines Tages aufhören würden. Es war ein Fehler. Du musst mir verzeihen.«

Nach einer langen Pause fragte sie mit tonloser Stimme: »Aber woher wusstest du über den Supermarkt Bescheid?«

»Eine Verkettung von Zufällen. Ich stand gerade an der Tankstelle gegenüber, als ich dich aus deinem Wagen steigen sah. Der Hagelschauer fing an, auf das Dach des Supermarkts zu prasseln, und die Windböen wurden immer stärker. Als sich eine Stütze neben dem Seiteneingang bog und ein Teil des Daches sich senkte, habe ich geahnt, dass etwas Schlimmes passieren würde. Ich war nicht der Einzige. Auch die anderen an der Tankstelle haben es kommen sehen. Als du mich am Telefon mit deinen Fragen auf die Probe gestellt hast, hätte ich dir beinahe die Wahrheit gesagt, aber ich kannte die Antworten. Es war leicht, dich weiter anzuschwindeln. Die Zeit drängte. Es war nicht der rechte Augenblick für komplizierte Erklärungen. Ich hatte Angst um dich.«

Anouk konnte es nicht fassen. Jean wusste alles über sie. Kein Wunder, denn er hatte ihren Vater 30 Jahre lang fast jeden Tag gesehen.

Er fuhr fort: »Ich habe dann die Feuerwehr angerufen. Auch mit dem Handy deines Vaters. Ich hatte meines ja nicht mehr. Gleich danach habe ich mit anderen versucht, Leute daran zu hindern, in den Supermarkt zu gehen. Ich habe aus der Ferne gesehen, dass du außer Gefahr warst. Ich war die ganze Zeit da, in deiner Nähe.«

»Und deine SMS, in der du mich aufgefordert hast, am folgenden Tag früh ins Büro zu kommen?«

»Das war auch der blanke Zufall. Ich bin Faillard am Tag zuvor in der Industrie- und Handelskammer über den Weg gelaufen. Während der Unterhaltung hat er erwähnt, dass er dich am Freitag treffen würde. Wir haben über dich gesprochen, und so habe ich erfahren, dass du irgendeine Präsentation vor dir hattest. Du hast mir oft von deiner Arbeit und deinen Kollegen erzählt. Bei deinem letzten Besuch wieder. Ich hatte irgendwie sofort ein ungutes Gefühl und dachte, dass ich dir helfen muss.«

»Aber ich war am Friedhof und habe sein Handy kontrolliert. Da habe ich die Nummer von seiner Wohnung gesehen. Sie stand bei den empfangenen Anrufen. Es war mein Anruf aus seiner Wohnung!«

»Nein, Anouk. Das war nicht dein Anruf, weil im Sarg mein Handy lag. Dein Vater hatte mich am Tag seines Unfalls aus seiner Wohnung angerufen, um mir zu sagen, dass er später zu unserer Besprechung kommen würde. Du hast wahrscheinlich nicht aufs Datum geachtet.«

Ein Gefühl der Vergeblichkeit durchzog sie. Plötzlich erinnerte sie sich, dass ihre Anrufe unbeantwortet geblieben waren, als sie aus Claires Wohnung mehrmals versucht hatte, Jean auf seinem Handy zu erreichen. Es hatte sich immer nur seine Mailbox gemeldet. Er benutzte nur noch das Telefon im Büro oder bei sich zu Hause, wenn er mit ihr sprechen wollte. Jeans Geständnisse stürzten sie in tiefe Verzweiflung. Sie wusste nicht, was sie am traurigsten machte: die Tatsache, dass er ihr diese morbide Inszenierung gestanden hatte, oder dass sie der Hoffnung beraubt war, ihren Vater irgendwo da oben zu finden.

Sie stellte die sinnlose Frage: »Papa ist also wirklich tot?«

»Ja«, sagte Jean mit sanfter Stimme.

Das Unabänderliche erschien ihr mit einem Mal in grausamer Deutlichkeit. Es gab kein Leben nach dem Tod. Es gab nichts. Weder die ewige Ruhe im Schutz einer göttlichen Macht noch wohlgesinnte Engel oder das große Licht. Ihr Vater war tot, er war nur ein verwesender Leichnam. Sie legte auf und weinte. Wie so viele vor ihr spürte sie das Gefühl grenzenlosen Verlassenseins und eines nicht wiedergutzumachenden Versäumnisses. Wie so viele Töchter und Söhne hatte auch sie ihrem Vater niemals »Ich liebe dich« gesagt. Und sie würde es ihm niemals mehr sagen können.

Ein Schwall von Tränen lief Anouk übers Gesicht, während sich ihr feuchter Blick am Horizont verlor. Sie schluchzte ununterbrochen wie ein Kind. Das Mädchen hatte sich umgedreht und sah ihr beim Weinen zu. Neugierig kam sie näher und hockte sich vor Anouk hin. Ihr Kindermund stand vor Staunen offen, so seltsam kam ihr das Spektakel vor.

Die Großen heulten also auch? Sie streckte die Hand aus. »Da!«

Anouk nahm die Muschel mit einem traurigen Lächeln.

»Danke, die ist schön. Darf ich sie behalten?«

Die Kleine lächelte und nickte schüchtern mit dem Kopf. Da sie sah, dass die Dame nicht mehr weinte, drehte sie sich um und lief zu ihren Eltern, die die Szene aus der Ferne beobachtet hatten. Anouk betrachtete die weiße Muschel in ihrer Hand und fuhr sich damit über ihre feuchte Wange. Die Möwen stießen gellende Schreie aus, die Wellen plätscherten friedlich vor sich hin. Die Natur machte sich keine Sorgen. Anouk schloss die Augen. Sie ließ sich bereitwillig von der Gleichgültigkeit der Welt davontragen, sie wandte ihr Gesicht dem Wind zu, dem Meer, dem Leben, das vor ihr lag.

Ja, die Liebe bot eine Alternative zum Tod. Also würde sie leben. Sie hörte schwere Schritte im Sand. Ein Arm schlang sich um ihre Schultern. Mit geschlossenen, noch feuchten Augen schmiegte sie sich an Barthes, der sie an sich zog, ohne ein Wort zu sagen.

Ich möchte mich herzlich bei meiner Familie und meinen Freunden bedanken, die mich die ganze Zeit über begleitet haben und mir mit wertvollen Ratschlägen zur Seite standen.

Dabei denke ich an Anne Alber, Beatrice Arndt, Claude Bazière, Dominique Borel, Jean-Philippe Comparet, Eliane Dehaut, Isabelle Fouillade und Josée Minet-Radlmaier.

Ein besonderes Wort des Dankes möchte ich an Steffen Radlmaier für seine einmalige Unterstützung richten. Ohne ihn hätte diese Geschichte niemals die Gestalt eines Buches angenommen.

Nicht zu vergessen Norbert Treuheit, meinen Verleger, für sein Vertrauen.